那朵风兰独自香

——纳兰性德的悠美伤愁

亭后西栗◎著

北方文艺出版社

图书在版编目（CIP）数据

那朵风兰独自香：纳兰性德的悠美伤愁 / 亭后西栗著. -- 哈尔滨：北方文艺出版社，2017.5

ISBN 978-7-5317-3814-5

Ⅰ. ①那… Ⅱ. ①亭… Ⅲ. ①纳兰性德（1654-1685）- 词（文学）- 诗歌评论 Ⅳ. ① I207.23

中国版本图书馆 CIP 数据核字（2017）第 039819 号

那朵风兰独自香：纳兰性德的悠美伤愁

NADUO FENGLAN DUZIXIANG：NALAN XINGDE DE YOUMEI SHANGCHOU

作 者 / 亭后西栗

责任编辑 / 王金秋　赵　芳

出版发行 / 北方文艺出版社

网 址 / www.bfwy.com

邮 编 / 150080

经 销 / 新华书店

地 址 / 黑龙江现代文化艺术产业园 D 栋 526 室

印 刷 / 北京高岭印刷有限公司

开 本 / 787×1092　1/16

字 数 / 290 千

印 张 / 16.5

版 次 / 2017 年 5 月第 1 版

印 次 / 2017 年 5 月第 1 次印刷

书 号 / ISBN 978-7-5317-3814-5

定 价 / 39.80 元

序 言

曾有一个人，将眼泪洒向天际，将多情写入诗词。他是清代贵族子弟，却倾心汉族文化；他的曾祖父被康熙曾祖父的军队所杀，他却成为康熙的御前侍卫。他便是纳兰成德，也是我们常说的纳兰容若。

纳兰成德，生于清顺治十一年，即 1655 年，殁于清康熙二十四年，即 1685 年，姓叶赫那拉，字容若，号楞伽山人。

这是关于纳兰最为简单的介绍，他曾避太子保成之讳改名为性德，一年后，太子更名胤礽，纳兰又恢复本名纳兰成德，可是不知为何，人们却记住了纳兰性德这个名字。

其父纳兰明珠，为武英殿大学士，这位权倾一时的著名人物，因与康熙的密切关系，在现代关于康熙王朝的各类文艺作品中多有出现。甚至可以说，纳兰明珠已经成为康熙王朝的代名词之一。其母爱新觉罗氏，是英亲王阿济格第五女，被封为一品诰命夫人。

其家族纳兰氏，即后世所称的“叶赫那拉氏”，属于正黄旗，是清初满族最显赫的八大姓之一。纳兰曾祖父金台吉，为女真叶赫部首领，金台吉的妹妹孟古是努尔哈赤的妃子，也是皇太极的生母。从严格意义上说，康熙与纳兰算是表兄弟。

纳兰十七岁入国子监，被推荐给内阁学士徐乾学。十八岁时参加顺天府乡试，中举人。十九岁参加会试，成为贡士。却在康熙十二年（1673年），也就是二十二岁时因病错过了殿试。康熙十五年（1676年）补殿试，考中二甲第七名，赐进士。

其后，纳兰拜徐乾学为师，并在之后的两年内主持编纂了《通志堂经解》。除了这部儒学汇编之外，纳兰还有《渌水亭杂识》《侧帽集》《饮水词》等流传于世。

二十二岁的纳兰，作为进士被康熙留在身边，成为三等侍卫，后又成为一等侍卫，多次随康熙出巡。他的诗词和著述多次受到康熙赏识，但他本人却早已厌倦官场中的虚伪和功利，一心向往着山泽自由。

康熙十三年（1674年），纳兰与两广总督卢兴祖之女卢氏成婚，两人感情非常好。三年后，卢氏难产去世，纳兰大悲，这也造就了他无人能及的悼亡诗词。

纳兰喜交友，而且喜交志同道合的挚友，他的友人大多是身处江南的布衣文人，如顾贞观、严绳孙、姜宸英等。因为纳兰对朋友的真诚，以及他特殊、显赫的身份，引来许多名士才子。他所住的渌水亭，也就是今天北京什刹海北岸，宋庆龄故居中的恩波亭，也因有大量御用文人聚集而著名。

二十四岁时，纳兰将自己的词作编选成集，名为《侧帽集》，之后又著《饮水词》，后人将这两部词集整理后，共得三百四十九首，合为《纳兰词》。

康熙二十四年（1685年）暮春，纳兰在病中与好友聚会饮酒，之后一病不起，七日后逝世，年仅三十岁。

许多著名的作品或艺术品，都是在作者去世后很多年才为人们所知，但纳兰是幸运的，他的作品在当时便已经为人们所熟知，并广为流传。

这是纳兰的一生，众所周知的一生，御前一等侍卫，人间行走三十年，身有千金富贵，心怀千古文章，他本身就是地位的象征，却一心盼望淡泊名利的生活。或许，正是因为陷其深，才能识其真，才会避之而不及。

纳兰的作品，多以哀伤凄婉为主，就像他的人生路一样哀伤凄婉。他将悼亡之声献给爱妻卢氏，却很少提及同样门当户对的官氏，反而是侧室颜氏为他生下了长子，甚至在卢氏之前。

现行的《纳兰词》共有五卷，但因篇幅关系，本书仅从纳兰的三百余首词中遴选六十首进行赏析。

因是选赏，所以在甄选时，尽量涵盖了更多词牌和选题，力求将纳兰的文学成就和精神生活较为全面地展现出来。

不过，正是因为力图全面，有些词作未必是纳兰的经典篇章，选其入此书，只是因为它能从一个方面，体现出纳兰对友情的重视、对爱情的执着、对生活的热爱、对前辈的追思、对现状的怀疑以及对生命的感怀。

纳兰的词作中，还有几首非常精巧的回文作品，比如《菩萨蛮·雾窗寒对遥天暮》《菩萨蛮·客中愁损催寒夕》。回文是指整首词的上句和下句用字完全相同，但顺序完全相反，如“雾窗寒对遥天暮，暮天遥对寒窗雾。花落正啼鸦，鸦啼正落花”。

回文是一种非常有趣的形式，严格说，它是一种文字游戏，既是对创作者遣词造句能力的考验，也是其想象力和才情的展现。不过，相比其他词作，这种回文作品，并没有太多的赏析空间，故而没有选入本书。

最初接受这本书的撰稿，是源于自己对诗词的热爱，纳兰其人虽然著名，但直到认真坐下来，细读他的词作，想象和模拟他的心情，才真的明白，纳兰为何能得此盛誉，被誉为“清代第一词人”。

从古至今，古诗雄浑，律诗严谨，小词清婉，长词奔放，是文学家们最喜爱的抒情方式。

好的诗词，是一张张画作。不，那不是画作，而是一张张彩色的照片，它们能截取最生动灵活的瞬息，写进文字，留成纪念。当时代翻覆，沧海已成桑田，桑田又变为沧海时，这些文字中的画面，还能栩栩如生地展现在后人眼前，是为文字之妙，更为遣词造句者之功。

谨以此献给纳兰性德，也以此献给在纳兰之前两千年来每一名在文学世界中各据一位的文学家。

冷飔

2015 年 8 月 14 日晨

于京宁车上

目录

卷一

卷二

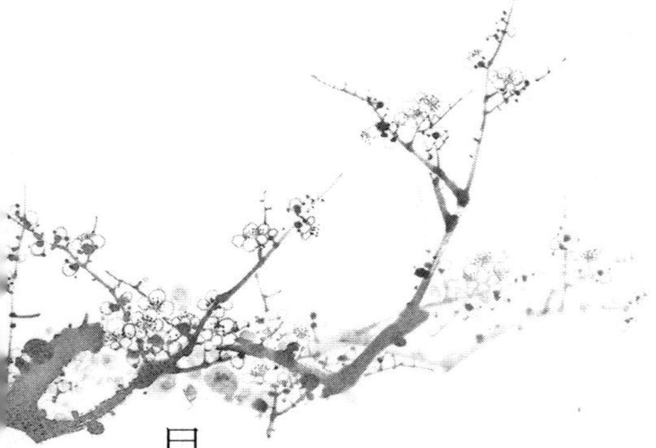

目录

目录

卷一

梦江南·江南好（上）

【其一】江南好，建业旧长安[①]。紫盖忽临双鹢渡，翠华争拥六龙看[②]。雄丽却高寒。

【其二】江南好，城阙尚嵯峨。故物陵前惟石马，遗踪陌上有铜驼[③]。玉树夜深歌[④]。

【其三】江南好，怀古意谁传。燕子矶头红蓼月，乌衣巷口绿杨烟[⑤]。风景忆当年。

【其四】江南好，虎阜晚秋天[⑥]。山水总归诗格秀，笙箫恰称语音圆[⑦]。谁在木兰船。

【其五】江南好，真个到梁溪[⑧]。一幅云林高士画，数行泉石故人题[⑨]。还似梦游非。

浅显注释：

①建业：指南京。南京曾为东吴、东晋、宋、齐、梁、陈、南唐、明等八代王朝的都城，故称“旧长安”。　长安：代指都城。

②紫盖：指云气，古人附会为象征王者之气。　双鹢：即船头绘有鹤鸟图像的船，此处指皇帝之游船。　翠华：一种用翠鸟羽毛作装饰的旗子，此处代指皇帝之车驾。　六龙：古代皇帝的车驾用六匹马拉，故六龙即成为皇帝之代称。

③陵：明太祖朱元璋孝陵，规模宏大，曾于陵丘养梅花鹿，猎者死罪，

到了明清交替之时，孝陵建筑被损毁，鹿群亦被猎杀殆尽，陵前只剩石马。铜驼：西晋陆机《洛阳记》："洛阳有铜驼街，汉铸铜驼三枚，在宫西，四会道相对。俗语云：'金马门外集众贤，铜驼陌上集少年。'言人物之盛也。"

④玉树：《玉树后庭花》曲，为南朝陈后主所制，以其声情浓艳被视作亡国之音（见《陈书·张贵妃传》）。

⑤燕子矶：地名，在今江苏省南京市东北郊的长江边，三面悬绝临水，状如飞燕，为南京名胜之一。　红蓼：水边高草，秋天开花，花如苇穗，色红。乌衣巷：地名，在今南京市秦淮河利涉桥南，为晋宋时期王、谢等名门望族所居之地。

⑥虎阜：即虎丘，在今江苏省苏州市西北阊门外，又名海涌山，风景盛极一时，登临可俯瞰全城，为苏州名胜之一。

⑦诗格：诗之风格。　语音圆：苏州方言有"吴侬软语"之誉，圆润柔美。木兰船：船的美称。南朝梁代文学家任昉《述异记》卷下："木兰洲在浔阳江中，多木兰树。昔吴王阖闾植木兰于此，用构宫殿也。七里洲中，有鲁班刻木兰为舟，舟至今在洲中。诗家云木兰舟，出于此。"

⑧梁溪：水名，在今江苏省无锡市西。古时此水极窄，梁时疏浚，故名。

⑨云林：指元代画家倪瓒（号云林居士），擅画山水、墨竹。前时家富，博学好古，四方名士常至其门。元顺帝至正年间忽散尽家财，浪迹太湖一带，风骨高洁。

对章小赏：

《梦江南》，又名《望江南》《忆江南》《江南好》，中间七言两句，以对偶为宜。

每每遇到完整流传至今的联章组诗，总生出整体鉴赏的冲动，私以为作者在一段集中的时间内，集中完成的作品，其间总会有或多或少的关联，无论是连续的情绪起伏，还是层叠的感怀论调。

但纳兰此组共十首，《梦江南》虽短小，聚在一起也变得篇幅浩大，为避免陋赏时文字冗长疲于对照，只好分上、下两部分各五首进行评析。

组诗的前五首，在表达上以描物刻景为重点。

纳兰随康熙出巡江南，秋季十月下旬，纵是再温暖明媚的江南，到这个时节，也被寒凉笼罩，但在纳兰眼中，江南之景，还是华丽异常的。

这种华丽的体验，从他还未踏上江南的土地便开始了。

其一：“初到江南”。

这不是一座小城，一处薄地，这里是建业，是旧日的长安，这里也曾像如今的帝都那样辉煌风光，而当朝帝王重临前朝都城时，总难免伴着一种新旧更迭的胜利感和优越感。

在作为侍卫的纳兰心中，也一样会浮泛起这样的感触。

紫盖、双鹢、翠华、六龙，说的都是皇帝，当纳兰陪着康熙乘游船驶向码头，那高高的船头，正居高临下地俯视着渡口，也高傲地俯瞰着码头上热情喧哗的人民。

仅凭一个“却”字，我们就可以看出纳兰的主观视角。

“却”，使动用法，使“高寒”退却。

在庄严雄丽的皇家仪仗面前，连秋季的寒凉，都收了气势，低眉顺眼地退去，这种天上地下唯我独尊的高傲，正以康熙和纳兰所在的楼船为中心，向四周辐射开去。

于是，康熙，或者说我们的词人纳兰，便是以如此雄霸的气势，出现在江南土地上的。

其二：“拜临古迹”。

入了江南，便看到那前朝城阙仍然静静地高耸于大地之上，仿佛不知朝代更迭、物华翻转，也不知岁月峥嵘、血雨腥风，依旧保持着它高傲的姿态。

但一个“尚”字，却提醒着我们，前朝的繁华，仿佛不像看上去那么安然无恙。

怀着瞻仰故物、寻访遗踪心情的词人，紧接着就向我们展示了一番令他和我们都不免失落、叹息的场面。

前朝的城阙尚且巍峨，再看那明太祖朱元璋的孝陵，陵丘仍在，当年的鹿群却早已不见，只剩下伫立的石刻，默然无语。还有那曾经热闹的铜驼街，如今，却应了晋代索靖的预言，只剩下铜驼像，藏在丛丛荆棘之中。

“惟”和“有”二字相应互文，共同描摹了前朝胜地如今“惟有”金石遗迹的寂寞晚景。

幸好，当这些繁华都随时间消退时，陈后主的那首《玉树后庭花》，却还在夜深时，仿佛前朝旧梦，飘出窗口，萦绕在耳边，陪伴着斑驳屹立的老城阙。

但真的好吗？

纳兰怕是不这样认为。

事实上，将“玉树歌”放在前朝胜景衰落的描述之后，不正是在向我们暗示着，“国已如此，玉树犹歌，此乃国亡之本也。”

其三：“文艺怀古”。

政治家怀古喜欢吹捧前代帝王，军事家怀古喜欢感慨名将奇战，而喜文之人到金陵，一定要站在乌衣巷口，叹一句“旧时王谢堂前燕”。

王导、谢安两大毗邻的友好家族，无论是在文学成就上，或是在政治影响上，几乎已经成为金陵的代名词，所以纳兰的怀古，也必不可少地提到了乌衣巷。

欲“怀古”，而“意谁传”，一个问句，便将现在和过去拉得很远，纳兰在缅怀前人，可再深挚的缅怀之情，也找不到人替他向前人传达，于是，他只能看着他们看过的风景，想象着他们的当年。

他在燕子矶头的江水岸，看成群生长的、高高的红蓼花，伴着秋夜寒凉月，凄冷清萧；又在乌衣巷口的阳光里，赏整排挺立的静谧的绿杨树，笼着秋晨薄云烟，燕事难寻。

这里的对仗尤为工整精妙。

前句天上夜色，后句人间秋凉，前句城外风月寂寥，后句巷里人事斑驳，秋月清冷皎洁无声高悬，绿烟朦胧婉约缥缈晃动，虚实之间有动静之美。

纳兰看着他们看过的，体会着他们曾体会的，感慨着他们或许也感慨过的。

也许只有这样，纳兰那无处诉说的敬缅之情，才终能有所寄托。

其四：“忘情山水”。

登虎丘，观山水，山水如诗歌声飞。

江南好，好在山水之美。

登苏州虎丘，一览全城，园林层叠碧翠联翩，在晚秋的高阳下，山水合一，仿佛一首绝美的诗词，躺在纳兰眼前。

极言山水美，却不提美，只说“归”于“诗格”之“秀”，这是纳兰对这片风景最高的赞赏。“归”，在这里取“归顺”之意，山水顺诗歌格致之美，正是在说，眼前的山水景致，无须诗人构思铺垫描摹，便可自然而然地成诗成章，它们的存在本身，就是一首极美的诗词。

对于我们这些用惯了“如诗如画”这种形容词的现代人，纳兰在这里，为我们上了深刻生动的一课，那山水，不是如诗，恰是诗。

山水之下，必有清歌，听那悠长绵软的笙箫齐鸣，恰和苏州的圆润方言相应相称。

是绵柔的笙箫之音托起那好听的软语，或是那圆润如珠的歌喉卷起那动人的笙箫，诗人已经无从分辨，他只是在忘情地欣赏之时，将迷醉的目光投向水上那装饰华美的小船。

在这船上的，究竟是何许人？

但船上之人，到底没有像琵琶女一样，为词人露出半边面孔。

于是那歌声，便伴着词人无尽的想象，融化在眼前这片诗情盈溢的山水之间。

其五：“过故人乡”。

无论从用词选字，还是字词节奏上，这都是十首组词的前五首中，最为欢快的一首。

梁溪在无锡以西，而无锡，正是纳兰至交顾贞观的家乡。

可以想见，相处的时光中，顾贞观一定多次向纳兰提起自己的家乡以及这条人工疏浚过的溪水。所以，在纳兰的心中，这里是他早已熟知的地方，跟随着好友回忆的脚步，他已经无数次地踏上了这片土地。

于是，便有了“真个到梁溪”这句欢快的感叹。从来都只在想象中见到的梁溪，今日，终于让他身临其境，这是多么令人欣喜的时刻！

再看眼前山水泉石，更教纳兰欢颜大展。

下面一组对句，只有一个典故，用得却异常巧妙。

首先是对仗工整，字字词词相应照；其次是巧用了“云林”这个双关语。

与“泉石”相对的“云林”，表面是“云烟浮动的幽林”，内里却又是画家倪瓒的字。

“云林高士”是一个成词，既可以理解成“一幅 / 云林高士 / 画”，也可以看成是“一幅云林 / 高士 / 画”。我们无须费力去琢磨，到底哪种断句才是纳兰想要的，云林与倪瓒，本是相融合一的整体，而这种不确定性，正是本句的巧妙与美感之所在。

于是，眼前的景色，成了倪瓒笔下的山水画，而那散落在溪水旁，被泉水冲刷的石头，很多都被文人雅士题了字，仔细看去，竟多是那故人和好友的字迹。

相对于前一句，“数行泉石”便显得平常很多，但纳兰在此，却强调出它的不寻常。

云林的景色再美，那也只是自然之色。当他俯身看溪石时，石头上熟悉的字迹，每一笔都留有好友的笑语言谈，与云林景色相比，眼前的题记，才是让纳兰真正动情的好景致。

从与自己不甚相关的景色，到与自己相熟相知的友人，纳兰从外向内，写尽了他在梁溪之上体味到的全部乐趣。

熟悉的景色，熟悉的字迹，催生了景色的美妙，眼前的这一切，怎能不教纳兰欢喜？

于是，他便有了“还似梦游”的错觉。

但这毕竟是错觉，所以在最后，纳兰还有一个“非”字，将我们的视线又扭回现实。

“这感觉，仿佛是在梦中游览，却又不是。”

仅用短短五字，将实景虚写，又转回来否定自己的错觉，可谓一波三折，一咏三叹，纳兰之巧，唯有叹焉。

步韵词祭

梦江南·步韵纳兰《江南好》

其一

江南好，中曲正流传。
歌尽风光云遮月，朝来颠沛雨成烟。
往事历经年。

梦江南·江南好（下）

【其六】江南好，水是二泉清①。味永出山那得浊，名高有锡更谁争②。何必让中泠③。

【其七】江南好，佳丽数维扬④。自是琼花偏得月，那应金粉不兼香⑤。谁与话清凉。

【其八】江南好，铁瓮古南徐⑥。立马江山千里目，射蛟风雨百灵趋⑦。北顾更踌躇⑧。

【其九】江南好，一片妙高云⑨。砚北峰峦米外史，屏间楼阁李将军⑩。金碧矗斜曛。

【其十】江南好，何处异京华。香散翠帘多在水，绿残红叶胜于花。无事避风沙。

浅显注释：

①二泉：并非指两条泉水，而是指惠山泉，泉在今江苏省无锡市西郊，因被唐人评为“天下第二泉”，故称“二泉”，更有二胡曲《二泉映月》。泉水水质佳，宜煮茶，负盛名。

②有锡：无锡的旧称。无锡城外有山，周、秦时期盛产锡，故名锡山。汉时锡矿枯竭，山旁县城遂得名无锡，后于王莽所立新朝期间，锡矿复现，众人惊异，将县城更名有锡，及至东汉时锡矿再次采尽，终更名为无锡，沿袭至今。

③中泠：中泠泉，也作“中零”，在今江苏省镇江市西北金山下，唐人以此泉煮茶为最佳，中泠泉也因此得“天下第一泉”的称号。后来，泉水被流沙掩埋，今已无可寻。

④维扬：扬州的别称，即今日江苏省扬州市。语出《尚书·禹贡》“淮海惟扬州”句，“惟”通“维”，后人便以“维扬”一词作扬州别称。

⑤琼花：琼花乃扬州珍品，据称绝世，宋代韩琦《后土祠琼花》更有“维扬一枝花，四海无同类”的描述。《洪武郡志》记载：“至元十三年（1276年）花朽，道士金丙瑞以聚八仙补植故地，而琼花遂绝。凡元人称琼花者皆八仙也。”今日琼花是为聚八仙变种，异香不足但形似琼花。

⑥铁瓮：即铁瓮城，京口（今镇江市）北固山前的一座古城。三国时孙权所建。《演繁露》记载：“润州城古号铁瓮，人但知其取喻以坚而已……弯环四合……圆深之形，正如卓瓮，予始知喻以为瓮者，指子城也。”　南徐：古代州名，在今江苏省镇江市。东晋朝廷南渡时，置徐州于京口。南北朝宋元嘉八年（431年）以江南晋陵地为南徐州，仍治京口。隋开皇元年（581年）废。

⑦射蛟：指汉武帝射获江蛟，《汉书·武帝纪》：“五年冬，行南巡狩……自寻阳浮江，亲射蛟江中，获之。”后人常以射蛟颂扬帝王勇武。　百灵：即百神。

⑧北顾：即北固山，在今江苏省镇江市北。《南徐州记》：“城西北有别岭入江，三面临水，高数十丈，号曰北固。”梁武帝曾登此山，谓可为京口壮观，因改名“北顾”。

⑨妙高云：妙高，为妙高峰，在今江苏省镇江市金山。金山多建佛寺，妙高为金山极高峰，上有妙高台，又名晒台，为当地名胜。山上常有浮云缭绕，景色绝美，被视为佛家祥云。

⑩砚北峰峦米外史，屏间楼阁李将军：谓妙高山之风景美妙如画。　米外史：指宋代画家米芾（1051—1107），号鹿门居士，又称海岳外史、襄阳漫士，擅山水画。　李将军：指唐代画家李思训（651—716），人称大李将军（因其有子李昭道被称作小李将军），唐宗室，擅画山水树石，金碧青绿，颜色浓重。

对章小赏：

这是江南游组诗的下半部分，有别于开篇时略显激动与兴奋的心情。随着巡游的深入，游览的目光也渐渐聚焦，开始体味和描摹更为细微的情绪。

其六：“二泉泠汀”。

《康熙起居注》载，康熙于二十三年十月二十七日夜间到达无锡，次日游惠山。又吴绮《募修香界庵疏》载，其时纳兰的好友顾贞观也在无锡，两人同游惠山，见二泉。

上一首词中，纳兰已经在梁溪看遍了友人的题诗题词，如今能与好友共登惠山，远眺太湖，静观泉水，心情之好不言而喻，这首词也是小而清逸，犹如泉水煎茶，香气四溢。

唐代杜甫在《佳人》中有“在山泉水清，出山泉水浊”之说，纳兰则反其道落笔，言此泉甚清，出山外流亦不染浑浊，其名已高，在无锡之地无人能争，又何必退让于中泠泉之后，甘居第二呢？

从这首词的字面上看，这是极言惠山泉水之美，更深一层，却是在夸赞和鼓励友人。

纳兰的汉族友人，大多是明朝旧臣，以此泉比喻友人出世供职于清朝，就像清澈的泉水，出山不浊，入乡不俗，既是名流之士栋梁之材，便无须对满族子弟心有戚戚，忧惧而不得前驱。

在整首词中，“何必”一词极富感情色彩，它道出了纳兰对友人的肯定与赞扬，也从另一个角度，反映了他身为宗室血脉，对当时的清贵族在亲族朋党之间相勾结、相维护行为的厌恶与不耻，可谓“人不如水，水且自清，一声‘何必’，几番叹息”。

其七：“花事无常”。

十月二十二日，康熙在扬州停留半日。

扬州之美佳人之美，这是一个流传了近千年的传说，而纳兰的这首小词中，写的却是花。

琼花奇珍，在经历了衰朽、嫁接之后，已经不复存在。纳兰至扬州，得闻花事翻覆无常，又见聚八仙立于园中，从一朵花上，看到世情变迁，不由感慨良多。

扬州月色的美好，在唐代徐凝的《忆扬州》中曾得到声誉：“天下三分明月夜，二分无赖是扬州。”名花对明月，却早已花事散落流于平常，徒有琼花之状，再无奇珍之香。霜天之下，谁共追忆闲庭暖风、清凉岁月？

《饮水词笺校》中认为，金粉是菊花花粉，指代菊花，但在这阕词中，菊花与琼花共称扬州佳丽，似有不妥，更何况若有菊花为伴，纳兰何至要问一句“谁与话清凉”？

事实上，金粉在很多诗词作品中，都解作广义的花粉。如唐代李白《酬殷明佐见赠五云裘歌》中的“轻如松花落金粉”，再如宋代苏辙《歙县岁寒堂》中“旋收金粉气尤清”。

在这首词中，金粉为琼花花粉，古人以花粉为花香来源，琼花徒有其表而花香不再，无人与花话清凉，于此便意义顺遂了。

“自是琼花偏得月，那应金粉不兼香”是词中对句，琼花得月是幸事，金粉失香是哀叹，月与花，在天地之间俯仰，花与粉，于细微之处交叠，两句之间，竟有如此开合，又不失美妙婉转，真可谓“人间佳丽在维扬，词中翘楚数纳兰”。

其八：“气吞江山”。

南巡时，康熙在乘船去往镇江金山寺的路上遇风。《康熙起居注·四十五年十月初六》中记载，康熙回忆起南巡遇风的情况，称当时众人惊惶，想要降下船帆，而他自己淡定自若，不仅下令满帆前进，还立于船头射杀江豚。这首词中描写的景象，正是康熙皇帝遇风之时。

在这首小词中，典故与现实结合，“铁瓮城”之地是古时南徐州，城为孙权所建，更有汉武帝南巡射蛟。前朝统治者的英武形象，和康熙皇帝的身影相重叠，更有百神护佑，帝王之相令天地为之动容。

“北顾”一词是非常巧妙的双关用法。首先，北顾指的是北固山，山峰高耸，在风雨中蔚然踌躇之势自然呼之欲出，而康熙南巡，临风雨不乱，北望帝都，更是踌躇满志，泰然自若。

整首词中，尤以“趋”字最妙。

“趋”的本意是“谦恭而礼貌的小步快走”，可以引申为从形势上归向、趋向、靠拢之意。古时臣子为了体现对君主的尊敬，上朝或在君主面前都要快步疾走，谓之“前趋”，以示谦卑崇敬。康熙能使“百灵趋”，更凸显了他“人间帝王，天上神使”的特殊地位。

另外，这首词中的“踌躇”在《饮水词笺校》中被解作“流连难舍”，有些人认为此解有失偏颇，应解作“得意之情”。这两种解法都说得通。

若“踌躇”为不舍之意，那么“北顾”一词当解作“北固山”，意为“北固山因康熙的神威圣颜而拜服”，故有流连不舍之意，希望康熙留在此地。而康熙立于船头，正沉浸在古代君王与自己神勇如一的感受中，就算北顾京都，也断不会有任何流连与不舍之意。

若“踌躇”为得意之情，那么“北顾”一词可作双关解法，一是“巍峨的北固山，就像康熙皇帝一样踌躇满志”；二是“康熙皇帝北顾中原大地，遥望京城，踌躇满志”。

观者爱词，往往捡取自认最合适之意解读，于是莫衷一是，众说纷纭。纵观整首词的情绪意境，“踌躇”一词，解作“得意之情”似乎更为合适，虽是一家之言，但想必也会有众家相和。

其九：“佛云入画”。

一片祥云缥缈，缠绕在绿树掩映的佛寺之上，峰峦层叠，楼阁精致，一如画作，伫立在夕阳下，金碧辉煌。

这首词写景，却并未描述风景之状，只以两位山水画家之名，引读者遐想美景。

“砚北峰”出自与米芾有关的一则故事。

《明一统志》载，南唐后主李煜有一方砚台，名“砚山”，四周刻三十六峰。到了宋代，砚台由米芾所获，并以其作为交换，在镇江甘露寺附近置得宅地。南宋时，此宅为岳飞之孙岳珂所有，建园林，因其旧事，故名砚山园。

“砚北峰”与“屏间”二句，其意为“山峰的形态，像从米芾的画中走出，楼阁的颜色仿佛由李思训点染”。不过，这两句不光是简单的对仗，而是互文[1]的形式。

山峰与楼阁，既有米芾的画骨，又有李思训的色彩，仿佛两人执一笔，在金山之间挥洒丹青墨色。

另外，是“砚北”与“屏间”的对仗。

“砚北”可以指砚山园北，也可以理解为砚台上雕刻的山峰，而“屏间”作为“砚北”的对仗用词，未必有更多深意，古人书画常作于屏风，若硬要求个解释，便是“山上楼阁如同李思训作于屏风上的画”。

还有些研究者认为，“屏间”是指透过屏风看到山中的佛寺建筑，这样一来，观者便是坐在房间里观赏景色，而“砚北”也随之局限于“砚台之北”，失了山景的壮阔之美，只剩下檐下回廊间的粉饰与雕琢，是为不取。

其十：“两地于心”。

一组小词，行到尾声，最后这一首，是纳兰眼中的江南，充满主观色彩的江南。

江南好，江南美，一路行来，又美在哪里呢？远行而来，忽觉江南美，是因为江南与京华的不同，是因为江南的温暖与宁静。

江南水多，多到什么程度？“香散翠帘多在水。”

“香散翠帘”，语出唐代白居易《阶下莲》中“花开香散入帘风”，即是指沾染了花香的翠碧珠帘。帘在水，有帘便有房宅，于是房宅也皆在水边，但纳兰却写帘不写宅，是为精致。

这一句中，包括这首词中，“在”字用得极为贴切。

很多诗人，包括时下的行文者，写到靠近之意时，都喜欢用上一个“临”字，仿佛这是极美的一个字眼，文艺又飘然，相比之下，“在”这个字就直白了很多，若是放在诗歌中，怕是连诗境都要跟着打个折。

可是，词中却偏偏用了这个“在”字。

“临”与“在”的区别其实很简单，“临”始终是有距离的，是浮于上、

[1]互文：即“互纹”，互相纹饰之意，是古诗文中常用的修辞方法。具体表现形式是诗文中的上下两句或一句话中的两个部分，看似分别说两件事，实则互相呼应，互相补充，说的是一件事，表达的是一个完整句子意思。

留于外的，临水是“靠近水”，甚至暗含着“俯视水”之意，而“在”却有接触、融入之意。

一个“在”字，瞬间让画面变得生动起来，我们仿佛可以看到，翠帘将自己的垂尾摆在水中，跟着风轻轻地摇，惹了水波悠悠地荡。

这是最简单的字，却比“多临水”“多留水”“多伴水”“多爱水”能传达的意境优美得多。而这份简单，正是纳兰词境高妙之处。

不过，从这首词的对仗来看，“在”字也未必是纳兰刻意为之的结果，这一点在接下来对“胜于花”的小赏中一并解释。

除了暖、静、水之外，江南还有艳丽的色彩，是为“绿残红叶胜于花”。

纳兰随康熙南巡是在十月，秋寒已至，绿叶凋落，此时红叶艳丽得比春夏之花还要夺目，再加上万里无云朗朗秋日，清晰、多彩，令人炫目。

这首词中的七言对仗非常工整。

“绿残”与“红叶”，并不是两个并列的词语，而是像前一句的“香散翠帘”一样，连在一起组成了偏正短语，意为“绿树凋落后的红叶”，是用“绿残”修饰和限定“红叶”，以衬托其红。

而“胜于花”这一比照，从画面或是意境上无须赘言，“胜于”是一个成词，“于”为介词性，与“多在水”中的“在”词性相同。

虽然“在”字的存在让整首词无比灵动，但它是否是“刻意选取”却依旧值得怀疑。按照对仗的格式，字与字、词与词之间的词性也要严格对仗，所以，这个“在”字是无论如何不能写作像“临”“爱”之类的动词性字眼。

最有可能的解释，是纳兰在提笔时，想到的第一联对句其实是“绿残红叶”句，而前面的“香散翠帘”句则是对应所作，才生出这个巧妙的“在”字。

江南与京华的不同，让这片土地成为纳兰眼中最美的江南，虽然这里的故友、古迹、名胜也让他心动，但总的说来，打动他的还是江南的“风景独好”。静静的江南，没有严寒，也无须躲避风沙（无事意为无须），一片祥和美景，是此次江南之行给纳兰留下的最深刻的印象。

步韵词祭

梦江南·步韵纳兰《江南好》

其二

江南好，梦里总飞扬。
尽数御前风雨暖，还留纸上落红香。
人与夜光凉。

梦江南·昏鸦尽

昏鸦尽①，小立恨因谁。
急雪乍翻香阁絮，轻风吹到胆瓶梅②。
心字已成灰③。

浅显注释：

①昏鸦：黄昏时分的乌鸦群。

②胆瓶：是一种长颈大腹的瓷瓶，形如悬胆，故称为胆瓶。上口较直，颈细长，缓慢过渡，肩以下渐丰，腹圆满。这种造型最早始于唐代，在宋代非常盛行。其身上小下大，稳而优美，是瓷器的经典造型，多用于插花、装饰。

③心字：即心字形的香。明代杨慎《词品·心字香》中收录了南宋范成大《骖鸾录》[1]中对心字香制作工艺的叙述。番禺人每选白而馨香的半开茉莉，装于干净的容器中，将沉香木劈成薄片，与茉莉层层相间，之后密封，每日不等茉莉蔫软便更换花瓣，直到花期过尽，是为香成。这是此香的制作，而所谓心字，并非是将沉香木片制成心形，而是以香末在香炉间萦绕，使末迹为“心”字，燃尽后，香灰不动，依旧呈“心”字形貌。

[1]《骖鸾录》：有版本中作《骏莺录》，但未查到范石湖有此作，不知“骏莺”是否为骖鸾二字繁体版“驂鸞”之讹误。

对章小赏：

乌鸦多群居，日间捕食、活动，薄暮时分飞回栖息之所，成群聚集。从薄暮时太阳欲落，到黄昏时太阳渐落，再到夕阳落尽，天色暗沉，都是乌鸦活动的时间。

纳兰就这样一只一只，一群一群地数着乌鸦飞走，在暮色昏沉中眺望，直到最后一抹黑色的影子在视线中消失。而这时，天已经黑了。

虽然站立了这么久，他却说是“小立”，可见这段等待的时间对于他来说，并不是最漫长的一次，在他日夜相继的苦等之中，一抹残阳从有到无，就如同在天地间眨了一下眼睛，短暂得无人知晓。可是，即使是这样短暂的等待，也让他生出无边的怅恨。

那么，什么是他最长久的等待呢？他又在等着谁？

这首词优美伤感，是纳兰词作的名篇之一，尤以“心字已成灰”为人们争相传诵。

“心字”，既是用香末写成的“心”字，也是纳兰的一颗痴心，所以，“心字已成灰”说的不仅是熏香燃尽，也道出了纳兰的心如死灰。

关于这首词的立意，也有很多种解法。比如“闺怨空房”“异乡客心”，或是纳兰自己对心爱之人的思念，其关键就在“恨”上。有何种“恨”，便有何种“情”，而这首词，似乎可以应对任意一种“愁”与“恨”。

词中以动静之比，将其意境无限拓展开去。

飞回巢的“昏鸦”，静立生恨的人；翻飞的“急雪”“柳絮”，静立的“胆瓶梅”；曾经吐露芬芳的心字熏香，如今黯然默对的灰烬。一动一静，皆是变革。

无论是“闺怨”还是“思乡”的解法，这首词的用意都是普遍而宽泛的，没有人知道它是代何人所怨，也没有人知道它是在何处所思，所有的解法中，只有一种传闻，是非常有针对性的——这首词是纳兰为其表妹舒穆禄雪梅所作。

纳兰与其表妹曾有婚约，但“旋此女入宫，顿成陌路。容若愁思郁结，誓必一见，了此夙因。会遭国丧，喇嘛每日应入宫唪经，容若贿通喇嘛，披袈裟，

居然入宫，果得彼妹一见。而宫禁森严，竟不能通一语，怅然而出”。（清《赁庑笔记》载）

这段当时的笔记记载了纳兰在表妹入宫后，发誓要见她一面，于是趁着国丧扮成喇嘛，与表妹终得一见，却因为宫禁森严，连一句话都不能说，更生悲伤。

这样一来，“胆瓶梅”变成了“雪梅”的代名词。

她曾住过的散发着芳香的闺阁，已经空无一人，春天多情的柳絮翻飞，仿佛是冬夜的雪片在阁前乘风而起，也像纳兰的心绪一般，纷乱无章。

夜晚的轻风翻过窗棂，滑进房间，吹拂着那曾插着梅花的瓷瓶，而房中那曾令人心旷神怡的熏香，早已燃尽，只留下轻如柳絮飞雪的香灰，安卧在香炉中，写成一个淡淡的心字。

这首词简单直白，意境和修辞亦不复杂，只有“恨因谁”一句是倒装，正常的语序应为“因谁恨”。倒是对仗句中的几个意象颇有趣，值得细思。

急雪与柳絮，到底是柳絮如急雪乍翻，还是急雪乍翻状若柳絮？这是要参照后一句的“轻风吹到胆瓶梅”，若梅花是真，那么雪花也是真。

不过，如果这首诗作于冬季，在门窗紧扣的香阁前，第一，急雪之下的风不会轻，第二，风需要从窗缝和门缝钻进房里，才能触到瓶中的梅花，所以，这个说法可信度似乎不高。

如果是柳絮如雪，那便是春季之词，轻风可解，但梅花何来？只有三种可能，一种是从冬季一直留到春季的梅花残枝，一种是瓷器本身的花纹，最后一种便是纳兰表妹雪梅的指代。

无论是残枝，还是空无一物的瓷瓶，又或是表妹离去的倩影，对纳兰来说，都是一种物是人非的惆怅，而心内的惆怅，就像那一撮再也无法点燃的香灰，留一个心字，仅此为念。

步韵词祭

梦江南·步韵纳兰《昏鸦尽》

人间事，知我问凭谁。
满眼浮华空作恨，一襟寒泪枉凝梅。
蓬草敛成灰。

如梦令·正是辘轳金井

正是辘轳金井①。满砌落花红冷②。
蓦地一相逢，心事眼波难定。
谁省③。谁省。从此簟纹灯影④。

浅显注释

①辘轳：井上用于汲水的装置。　　金井：一说是有华丽雕栏装饰的井，一说是普通石井，“金”是形容井的坚固。不过，辘轳金井一词并非首现，南唐后主李煜有《采桑子·辘轳金井梧桐晚》，疑是纳兰化用其成词置于此中。

②砌：台阶。

③省：明白、省悟。

④簟纹：簟读音 diàn，竹席之意。簟纹便是竹席上编制而成的纹路。

对章小赏

蓦地一相逢，从此辗转难眠。

这首小词洋溢着“初恋”的味道，将男女相遇时惴惴不安的心情，以及分开之后辗转反侧、寤寐思服的情态描绘得惟妙惟肖。

那一口相遇的小井，辘轳轻摇，井栏精巧。

金井未必一定有华美的装饰，但在男子眼中，与美人相遇的井，即使只是一口普通的水井，也是精妙无双的。

此井精巧，阶上落花微红，宛若美人的脸颊，虽美，却也有些冷淡。

就在这井边的刹那相逢，眼波流转时，有的人心动了。可是，那美丽女子的眼波闪烁，心事也被藏匿其中，不得窥见。

于是，这样的邂逅，就变成了日日夜夜的思虑，有些事，越是不知，就越想一探究竟。谁能知道呢？谁能明白呢？那女子到底对他有意否？她的眼神是回避还是羞涩？

就在这样的疑问和焦灼中，诗中人从此夜夜对着灯影，数着竹席上一条接一条的细纹。

词的前两句写景，辘轳金井，满阶花红。一个“冷”字，写出了井边的清冷无人，宁静里透出一丝寂寞。这也正是词中人内心的写照，对于爱情，他有一腔美好的愿望，却只有满眼落花，心事无人知晓。

忽然之间，一道倩影出现在井边，也落进他的内心。“蓦地”本身就有忽然的惊喜之意，再以“一”强调“相逢”，让这次的相逢在整首词中、在他的生命里都变得异常重要。

下一句中，以“定”字为中心。眼波诉说心事，若能看看她眼底的婉转流光，便可知她的心意，但是这女子的眼波却令人迷惑而无法断定。

两人四目相对是为“定”，女子含羞垂眸也可“定”，想必眼前的那个女子既不娇羞亦不痴望，只是矜持地笑了，看了，又似没有看一样，便飘然离去了。

这里的“定”字，是指女子的心事没有明确地袒露，无法确定之意，于是才有了后面想破了头的辗转之夜。

除此之外，“定”还有另一种解释，便是“安定、淡定”。

偶遇了摄神入心的美人，心神自然无法安定，如鹿撞，也因此迷乱了双眼，是为“心事眼波难定”，描述的是男子陷入深深爱恋时无法安宁的状态。谁知他从此夜夜不眠，为伊对孤灯、待天明。

无论是何种解法，这首诗都充满了浓浓的爱恋，以及“为伊消得人憔悴”的强烈思念。

纳兰并没有用“无眠”“空对月”“辗转”“望断”等常见的词语，在最后一句中，他依然像开篇一样，选择了画面。

有灯影，必是夜间，可见簟纹，必是卧于床榻之上，可是，为何不熄灯？

这是因为思念之火焚烧心肺，毫无睡意，于是只能夜夜看着灯影落在竹席上，随着微风摇摆晃动，仿佛无着无落的痴心，日夜明亮。

无论是画面的描绘，还是叙事的手法，这首词都可以称作小而精巧，美而含蓄，重复的两个“谁省”，更是一语问入了每个深陷相思之人的心中，共鸣回响。

步韵词祭

如梦令·步韵纳兰《正是辘轳金井》

庭后兰生枯井。偏问流泉清冷。
总教断肠人，欲语怨愁难定。
谁省。谁省。月下半生孤影。

采桑子（三首）

【其一】那能寂寞芳菲节

那能寂寞芳菲节[1]，欲话生平。夜已三更，一阕悲歌泪暗零。
须知秋叶春花促，点鬓星星[2]。遇酒须倾，莫问千秋万岁名[3]。

【其二】九日

深秋绝塞谁相忆，木叶萧萧。乡路迢迢。六曲屏山和梦遥[4]。
佳时倍惜风光别，不为登高。只觉魂销。南雁归时更寂寥。

【其三】桃花羞作无情死

桃花羞作无情死，感激东风。吹落娇红。飞入闲窗伴懊侬[5]。
谁怜辛苦东阳瘦[6]，也为春慵。不及芙蓉[7]。一片幽情冷处浓。

浅显注释

①芳菲节：草木芳菲茂盛的时节。

②点鬓星星：鬓发斑白如点点繁星。晋代左思《白发赋》中有“星星白发，生于鬓垂”之句。

③千秋万岁名：用唐代杜甫《梦李白·其二》中“千秋万岁名，寂寞身后事”一句。

④六曲屏山：指屏风。称之为“山”，可能是因为古代屏风曲折，像山峦一样层峦叠嶂，或因屏风上常绘有山水图画等。

⑤懊侬：烦闷之意，在此指烦闷之人，是为纳兰自己。

⑥东阳瘦：南朝沈约的典故。“永明末，出守东阳……百日数旬，革带常应移孔……”沈约出任东阳太守时，因操劳过度日渐消瘦，腰带不断地换孔，后来以“东阳销瘦”“东阳瘦”或“沈郎腰”“沈腰”来形容消瘦。沈约素有美男子之称，纳兰在此自比。

⑦芙蓉：此芙蓉不是指花，而是“芙蓉镜”的典故。唐代段成式《酉阳杂俎续集》中记载，李固落第后到蜀地游玩，遇一老妇，说他第二年会在芙蓉镜下及第，再过二十年还会拜相。第二年，李固果然及第，榜上有诗赋题为《人镜芙蓉》，二十年后果然拜相，是为应验。

对章小赏

《采桑子》，又名《丑奴儿令》《罗敷艳歌》《罗敷媚》，为双调小令，分前后两片，可做叠韵，甚美。

叠字总令人回味不已，而在一首只有四十四字的小词中用叠字，便是将整首词都投入了声律节拍的婉转之美中。

“为赋新词强说愁”，仿佛这世间是先有“愁”，才有了最优美的篇章。三首词，三种心事，感时、思乡、病瘦，都是一个愁字领篇，却有着不同的伤与美。

其一：“生也无常”。

在春意盎然的时节，连空气中都飘散着花草的气息，景色如此美好，人又怎可以寂寞？总想要寻一个人，诉一诉平生过往，聊一聊红尘变迁。

可是说着说着，花就睡了，夜半三更的报时声，伴着满是悲愁的心事。说到动情处，却只剩下暗泪盈眶，和着歌声，悄悄地擦一下眼睛，手上沾满半生的寂寥。

明明是春色满园，又何来悲伤寂寥？把酒言欢之时，须记得花红易落叶自飘零，时光飞逝季节流转，天地四时变幻，就像曾经墨黑的两鬓，如今也点染了星光的斑白。

花叶并不知愁，人却会为时光不再而伤感。还剩下些什么？“名利如浮云，惟影随我身”，无非只有倾尽杯酒，一醉方休，求得“今朝有酒今朝醉”的短暂欢愉。

这首词是寂寞的，这种寂寞不是无人相伴，而是纳兰在看尽世事无常后，无路可退的渺茫之感，是对人生“沧海一粟”“昙花一现”的叹息。

在明媚的春日中体会寂寞，在家家入梦的夜半时悲歌一曲，怀着惆怅的心思行走在世间，这便是纳兰的孤寂。

词中最妙为“点鬓星星”一句，这里的“点”既可以理解为白发的零星，也可以解作“点染”之意，静动一字，余韵满行。

这首词中虽然化用、引用了他人词句，但在纳兰的妙笔之下，浑然一体，既不失优美，又满是惆怅。纳兰在写下这首词时，不会想到自己竟英年早逝，他更不会想到，他在世间的匆匆一现，真的留下了“千秋万岁名”。

其二：“异乡佳节”。

人在异乡，每逢节日，更添乡愁。这首词名为《九日》，即九月九日重阳节，每到这天，人们与亲人团聚，举行活动，比如登高、插茱萸、饮菊花酒。但此时的纳兰却身在距家乡异常遥远的塞外。康熙二十一年（1682年）秋，纳兰出使觇梭龙（今黑龙江流域），考察沙俄侵扰东北的情况，这首词可能就是在这期间创作的。

词的前半部分笔墨浓重，“深秋”“绝塞”“迢迢”，纳兰仿佛已经带着我们走到了天涯的尽头，在深秋的肃杀中，看秋叶伴着枯枝纷纷吹落，而故乡遥不可及，房中那曾经日日望见的屏风，就像梦境一样邈远，也只能在梦中窥见。

到了后半部分，便是乡愁缭绕，“倍惜”“魂销”“寂寥”，立在世界的尽头，又适逢佳节，只教人更加思念故乡的风物人情，“不为登高”一句，是对“倍惜”的补充与强调，纳兰思念的并不是登高游览之乐，而是那些与他同乐共饮的亲人。

纵然塞上登高，亲人也不得望见，留给纳兰的，只有黯然销魂之苦，偏偏还有不解风情的大雁，结伴相携，向着南方的天空，头也不回地飞云。

塞上的秋色向来凄清冷寂，再加上边境人烟稀少，这幅天地寂寥的景象，一直是历代文人倾心描述的对象。此时的纳兰身处其间，隔空想颜色，数雁添悲怀，恨不能如南飞的雁群，早归故里，在屏风间寻一场好梦，在山水间饮一杯菊花酒，欢声笑语，艳若秋阳。

这首词情感真切，并无繁典雕琢，只一句“佳时倍惜风光别”略显婉转。“别”字虽在句尾，但整句直接翻译过来是“佳节时，总是加倍思念挥别的风光”，“别”是“风光”的限定，而不是“区别”之意。

其三：“病榻自怜”。

自古以来，万千篇章，夭夭桃花，总关闺情。桃花仿佛就是为了多情之人而生，又如何能容忍自己未染伤情，便空自凋落?

这首词作于康熙十二年(1673年)三月，正值朝中科举，纳兰因病未能参加，于是只能坐于房中，看着庭中桃花被东风吹落，飘然从窗口飞入，落在他身前，聊以为伴。即便是桃花，也渴望能死得其所，争得其存在的价值，更何况是生而为人的纳兰。

词的下半部分便是纳兰的心情，病痛折磨，身形消瘦，此番潦倒，除去落花又有谁怜？只当是春色撩人，闲闲慵懒，贪卧不起。继而，纳兰又开始叹息自己时运不济错过殿试，不能像传说中的李固那般，在“芙蓉镜”下登榜及第。

众人欢腾庆贺之时，他只能守一窗落花，收拾起满心清冷的哀伤幽情，暗自伤神。

这首词意味深长，用典灵活贴切，更化用王彦泓[1]《寒词》中“一日幽香

[1]王彦泓（1593—1642），字次回，明末诗人，有《疑雨集》传世，明末清初、清末民初之时盛行。纳兰词作受其影响颇深，纳兰亦与其外孙秦松龄结为好友。

冷处浓”之句。

首句中，“羞”一字之功，桃花便有了思想，更有了理想和追求，正应照了纳兰渴望入仕的心情。东风不负桃花，将其吹入房中，勾起了纳兰的感叹伤怀。

“东阳瘦”是既成典故，用法简明，不过，“不及芙蓉”中的“及”字却一语双关，颇可回味。

简单地说，不及芙蓉可以解作“不像‘芙蓉镜’典故中的李固”，这里以“芙蓉”代“李固”。但还有另一种解法，“芙蓉”为典故中的标题“人镜芙蓉”，指的是皇榜。古时，金榜高中称为“及第”，而“李固芙蓉”的典故中，榜上题目为“人镜芙蓉”，不“及”，便是名字未登皇榜之意。所以，“及”字既可以理解为“追上、比肩”之意，也可以看成是“及第”，对整句含义无碍，但却从另一个方面，显出了纳兰词作的工巧之妙。

最后，“幽情”凝于“冷处”，这里的冷，不单是错过殿试的心灰意冷，也有病体虚弱之下感受到的春风料峭，可以说是“身体”与“内心”的同步感受，感随心动，相得益彰。

步韵词祭

采桑子·步韵纳兰《那能寂寞芳菲节》

词中总见伤心泪，蹙眉难平。
月入三更。杯酒何愁鬓发零。

牛郎织女谁当醉，河上繁星。
细语微倾。只道前生今世名。

采桑子·明月多情应笑我

明月多情应笑我①，笑我如今。辜负春心。独自闲行独自吟。

近来怕说当时事，结遍兰襟②。月浅灯深。梦里云归何处寻。

浅显注释

①“明月”句：化用苏轼《念奴娇·赤壁怀古》“故国神游，多情应笑我……”

②兰襟：芬芳的衣襟，结兰襟可以比喻结交知己好友。

对章小赏

这首词中多化用、套用北宋晏几道的词作，如《采桑子》中“别来长记西楼亭，结遍兰襟”，又《清平乐》中“梦云归处难寻。微凉暗入香襟。犹恨那回庭院，依前月浅灯深。”

虽然多化用成句，但这首词依然音韵清丽，情意婉转悠长，是一首不可多得的精巧小词。

对于这首词，学者一般有两种解释。一种认为是怅怀友情之作，因纳兰极重情义，朋友很多，但重情的结果，除了给自己增加负担，更要面对四散离别后的失落与惆怅，这首词就是表达了纳兰从热闹的友谊中脱离，重新落于冷清的复杂心情。

而另一说则认为这首词是写给曾经相守，如今却被迫分离的爱人沈宛的。

在这首词中，并没有找到确凿的证据支持这两种说法中的任何一种，换言之，这首词既可以解作怀念友情，也可以解作悼念爱情。

上片首句“明月多情”，正是纳兰多情，才会想到明月多情。可是，若是明月多情，便要笑他在春光正好时孤身一人，独自散步，独自吟诗作词。从“辜负春心”一句可以推测，这首词作于春季，正是春光明媚春心荡漾的季节，词人却形单影只，着实要被明月嘲笑。

“明月多情”“辜负春心”，是将明月与春心拟人来写，落于词中，添了三分生动，七分寂寥。生动是为景物活现，寂寥则是纳兰身边再无他人，只能以明月、春心为伴，絮絮耳语，与唐代李白“举杯邀明月，对影成三人”时自娱自乐、聊以自慰的心情异曲同工。

下片则是当年与如今的对比。

“近来”与“结遍”二句，是对当时的回忆，也道出了纳兰不忍回忆往昔的忧伤与痛苦：近来这段时间，饶是寂寞，而越寂寞，越不敢提也不敢回想当时。

想当年，结兰襟，相做伴，何等快活。而如今，只剩下月色浅白，灯影深重，一人一灯空对月，往日的热闹，已成烟云一片，不知飘向了何处，再无可寻觅。

当身边只剩下冷清与孤寂，曾经的欢快与美好都成过眼云烟，只留存在记忆中，那么只要回想一下，也是痛的，但更痛的是连想都不敢，宁愿忘记才好。

“怕”回忆，是因为总是忍不住去回忆，可是回忆越多越凄凉，于是便真的“怕”了。而曾经的纳兰，拥有多么美好的回忆，如今又有多么寂寞苦楚，才会留下如此凄凉哀怨的一首词。

步韵词祭

采桑子·步韵纳兰《明月多情应笑我》

流年总负韶华老，不待如今。黯淡伤心。肯把青丝带雪吟。

香兰一落惊春草，广带连襟。步韵情深。耻向潮头浪里寻。

采桑子·拨灯书尽红笺也

拨灯书尽红笺也①，依旧无聊②。玉漏迢迢③。梦里寒花隔玉箫④。

几竿修竹三更雨，叶叶萧萧。分付秋潮⑤。莫误双鱼到谢桥⑥。

浅显注释

①红笺：原指薛涛笺，是一种制作精美的染色信笺，用于题写诗词。

②无聊：感情上没有慰藉、无处寄托之意，其意与“百无聊赖”相似。

③玉漏：即漏壶，古代的计时装置。

④寒花：寒冷时节所开的花，一般指菊花。　玉箫：人名。唐代范摅[1]《云溪友议》载韦皋与姜家婢女玉箫情事，后人常以“玉箫”作为情人订盟的典故，亦称玉箫侣约。

⑤分付：交给、托付之意。　秋潮：秋天的潮水，语出唐代骆宾王《冬日野望》“洞浦涨秋潮”一句。

⑥双鱼：代指书信。汉代蔡邕《饮马长城窟行》中有“客从远方来，遗我双鲤鱼。呼儿烹鲤鱼，中有尺素书”，后人遂以“双鲤鱼”“双鱼”指代书信。谢桥：谢娘桥，借指情人所居之处。相传六朝时即有此桥名，多代指游玩之所，或是情人相会之地。谢娘指唐时名妓谢秋娘，还有人说是指“咏絮才女”谢道韫。

[1]摅：读音shū。

对章小赏

夜深人静，愁心独醒，这首词便是这一夜思念的最好写照。

上片自灯下写信开始，极言思念之遥远。

古时油灯以灯芯浸于油中，露出一端点燃，一段时间后，灯油减少，灯芯渐长，容易弯折落进灯油中，使灯光转暗甚至熄灭，所以有“拨灯”一说。

油灯需要拨亮，是时间已久的表现。纳兰在灯下坐了很久，面前的信笺已经写满，却依旧有很多话无法诉说，心中惆怅无处寄托。

红笺本指薛涛笺，由唐代女诗人薛涛发明。唐人唱和时，将诗词写在纸上，当时纸张较大，诗行短小，有失美观。薛涛让造纸工匠修改尺寸，做小笺为作诗专用，又自创染色技法，能染出深红、粉红、明黄、深青、浅绿等十种颜色，世称“十样变笺”，而薛涛尤爱深红，常以花瓣点缀，深受追捧。

在这首词中，红笺未必特指薛涛笺，而是用薛涛笺的意象美化自己的这封信。此信写满温柔缠绵的相思，其优美婉转、芬芳馥郁，与花瓣点缀的深红诗笺无异。

可是，即使是这样一纸情真意切的书信，也无法承载满满的思念之情，在漏壶的滴水声中，美人的容貌只能在梦里一见。

古代漏壶多是金属制成，并非玉制，玉漏只是诗歌中常用的美化修辞，如金井、玉笛等。“玉漏迢迢”一句，很可能直接套用了北宋秦观《南歌子》中“玉漏迢迢尽”一句。“玉漏迢迢”，是为“时间漫漫，长夜无边空寂寥”之意。

之后的“寒花隔玉箫”，更是取自韦皋的爱情故事。

韦皋乃中唐名臣，少年时游于江夏，在姜使君家教其子荆宝读书。荆宝尊韦皋，常遣一婢女侍奉韦皋起居，其名玉箫，年仅十岁。两年后使君离家求官，韦皋迁至庙中，玉箫时常探望侍奉，日久生情。后韦皋叔父托江夏一位旧交资助韦皋盘缠，让他回家。临行时韦皋以玉指环赠玉箫，约定“少则五载，多则七年，定当迎娶”。

此后韦皋出仕为官，屡立战功。玉箫苦等七年不见韦皋，第八年春仍无音讯，终于心灰意冷绝食而亡。姜家怜其守节痴情，将指环戴在玉箫中指，随其入葬。

后韦皋官至剑南西川节度使，坐镇蜀州，听闻玉箫之事，哀叹神伤，请人画其像，日日香火礼敬，又广印佛经传发，以求告慰玉箫在天之灵。一方士感其诚心，以法术令两人阴阳相见。玉箫称，因为韦皋礼佛传经，以善举超度，她不久便可投胎人世，并与韦皋约定，十三年后再续前缘。又十数年，韦皋为南唐郡王，永镇西川，长留蜀地。生日时有官员送来一名歌妓，年十三岁，名玉箫，果如当年容貌，右手中指上有肉环隐隐隆起，恰似指环……

长夜孤灯，梦中人像玉箫那般邈远，梦里花开，伊人身影隔着一层又一层的花朵，虽然痴情一片，却终是无法碰触。

上片四句写情、写梦、写思念，将所有的情愫都投入夜色之中，可以说是“纵是寂寥无人应，也做红笺夜半歌”，此一幕，便将心上愁思刻画淋漓。

下片首两句是实景。

写过房中，再写庭院景象，修竹夜雨，细长的叶子在雨中轻抖，如同灯下的心绪，萧条无声。“叶叶”以叠字对“萧萧”，是强调“每一片”之意，读到此处，无论是修竹、夜雨，还是房内的孤灯、只影，都随着一片片竹叶，在雨声中暗自萧索。

心神空荡、梦境缥缈、夜雨凄迷，一切都是那样忧伤，于是刚刚写下的这封书信，就成了纳兰的全部寄托。

说是寄出信件，也没有实写，而是用常见的意象代替。最后两句中，“双鱼”是书信，而“谢桥”则是思念之人所处之地。将鱼儿送至桥头，也只有潮水可以胜任，所以才有了“分付秋潮”一句。

“分付”一词，是寄托也是托付，纳兰将自己的全部希望都托付其中，唯盼书信早日寄到，其间的郑重与诚挚，与唐代白居易《长恨歌》中的“临别殷勤重寄词”异曲同工。

有人将“秋潮”解作书信的代称，恐牵强。这里的秋潮，可能只是实写，是“双鱼”和“谢桥”意象之间的勾连。

梦中出现的“寒花”秋菊，夜半三更的雨落，都让“秋潮”一词变得真实可见，它是秋天涌动的潮水，也是纳兰暗涌的柔情，却未必是书信的代名词。

纵观全篇，这首词中充满了如水一般的怅然柔情，就连用词也多与水有关，“漏壶”多以水计时，三更时分的夜雨，秋潮与谢桥，这些意象携着潮湿微寒的秋意，渲染着纳兰寂寞、微伤的心情，也让这首词在思人不得的空虚中，透出一丝清幽。

步韵词祭

采桑子·步韵纳兰《拨灯书尽红笺也》

幽情自古伤离别，新月无聊。孤雁迢迢。何处芳心弄玉箫。
屏间璎珞凝如血，帷幔萧萧。梦入春潮。双袖龙钟向断桥。

谒金门·风丝袅

风丝袅。水浸碧天清晓①。
一镜湿云青未了②。雨晴春草草③。

梦里轻螺谁扫④。帘外落花红小。
独睡起来情悄悄。寄愁何处好。

浅显注释

①浸：浸染。该句化用宋代欧阳修《蝶恋花》中“水浸碧天风皱浪”一句，在宋代米芾、孙浩然的作品中，也有“水浸碧天”之句。

②青未了：青色一望无际，语出唐代杜甫《望岳》“岱宗夫如何？齐鲁青未了”。

③草草：匆忙仓促之意。《诗经·小雅》中“骄人好好，劳人草草”。唐代李白《新林浦阻风诗》中“纷纷江上雪，草草客中悲”。元代仇远《更漏子》中“春草草，草离离。离人归未归”。

④轻螺：用螺黛画出的淡淡眉色。螺黛是隋唐时期女子画眉时常用的墨色颜料，也叫螺子黛，产自波斯。螺黛经过加工，被制成各种形状的黛块，使用时蘸水即可，因其使用方便，得到时人青睐，到宋代螺黛的使用更加广泛。

对章小赏

《谒金门》为唐代教坊曲目，后被用作词牌，词分上下两片，属于小令。

这是一首景色动人、情愁撩心的作品，上片绘景，下片抒情，用词工巧，可解作春怨情怀，也可理解为纳兰的思人之作。

风动无影，柳枝却轻轻摇荡，“风丝”便是风中的“绿丝绦”，首句只三字，便让微风吹拂下柳条的柔软优美之态跃然纸上。

碧蓝的天空落入水中，净水洗过的早晨，格外清朗。此处的“浸”字有相互渗透之意，用在水天之间，描绘了水天相映、水色与天色相融难辨的景致，是为“天光似水碧，水色染天蓝”。而时间尚早，晓色清透，这般蓝天映在水中，更是与水色融为一体。

天上的云朵也倒映在水波中，但纳兰却没有写天上云，而是直接捞起了水中云。

水平如镜，云影沐浴在水中，是为“湿云”，它也染了水色的碧绿，湿润欲滴。不过，若与下文的“雨晴”相联系，“湿云”也可以理解为刚下过雨，还没有收去阴湿的青云。

雨晴后，春色来得匆匆忙忙，藏身于春风与绿树之间，掠过水面，在天光云影之上，温润而潮湿。

本是美好的春色，何来草草之说？

“草草”意为匆忙，落在上片的最后，是从景入情的关键。

上片是清晨的景色，而下片是前夜的梦境。

在恍如仙境的一宵春梦中，是谁手握螺黛，在眉间轻轻描绘？重彩为描，轻绘为扫，一个“扫”字，如一场梦般轻盈。

这里的画眉之人，可以理解为纳兰所思慕的女子，也可以理解为给女子画眉的良人。不论是对镜画眉的娴雅女子，或是体贴入微的温良男子，都令这个梦境无比美好。

一心沉醉于梦境，而夜雨中，花落知多少，纷飞的花瓣在春雨中黏成小小的红点，如同梦中的泪滴，散落一地。

转醒时，依旧一人。“独睡起来”，是一人入眠，一人春梦，直至独自醒来。梦境已断，情思却还缠绕在心头，无处诉说，又该将它寄托于何景何物？只能细数帘外落花，看夜雨歇止后，云朵在水天之间徘徊。

“悄悄”有“淡淡”之意，更有“绵绵”之感，写出情的温柔与婉约，也为整首词添上“情仇万般无可消”的一笔。

步韵词祭

谒金门·步韵纳兰《风丝袅》

情丝袅。风骨竟谁知晓。
旖旎阁中愁未了。寄身天地草。

花径何尝空扫。争道女儿心小。
颠倒世情声悄悄。纳兰词正好。

点绛唇·黄花城早望①

五夜光寒②，照来积雪平于栈③。
西风何限。自起披衣看。

对此茫茫，不觉成长叹。
何时旦。晓星欲散。飞起平沙雁④。

浅显注释

①黄花城：古代关口，今北京怀柔区境内，靠近北长城。纳兰随御驾东巡时，此处为必经之地。

②五夜：即五更。古代将一夜分为甲、乙、丙、丁、戊五段，合称五更。南朝梁代陆倕《新刻漏铭》中有“六日不辨，五夜不分”之说。

③栈：古时本义为牲口棚，竖编为栅，横编为棚，在这里应该是栅栏之意。

④平沙雁：广阔沙原上的大雁。

对章小赏

这首词中，山城寒景尽收眼底，破晓之前的空旷与辽阔，透着凛凛寒意，扑面而来。

“五夜”是五更总称，夜分五更，所以五夜便是整整一夜的意思。但在这首“早望”的小词中，五夜很可能特指第五更，也就是凌晨三点到五点之间，黎明破晓之前。

从词中可以看出，这首诗作于冬季，冬季的北京，五点时最多是星空渐白，根本不会见到日出，那么，纳兰起这么早做什么？是因为一夜未眠吗？

事实上，他起得并不早。五更时分是大臣们的早朝时间，杜甫在《奉和贾至舍人早朝大明宫》中就有“五夜漏声催晓箭”之说，记载的正是早朝之事。所以，纳兰在五更时起床，便不足为怪了。

凌晨时分，夜空中的微光照在厚厚的积雪上。“寒”字形容夜光，也是形容积雪，是冬夜的冷冽微光让积雪凝结，也是冰冻的积雪让夜光染上冬寒，用这个“寒”字，将夜光与积雪紧紧勾连在一起。

西风无限，在城上肆虐，冰冷刺骨，纳兰需披上外衣才可抵御寒风。回看前一句的“积雪平于栈”，并不是整片大雪都厚得没过了栅栏，而是因为西风吹动，积雪被栅栏阻隔，才会在上面越积越厚，形成“平于栈”的景象。

纳兰独自一人立于城上，他看的自然不是西风，而是黎明前的景色。因为是关口边界，这里人烟稀少，一望无际，四顾茫茫。天地间空无一物，只有白雪皑皑，天色欲亮。

也许是因为眼前的景象太过空旷寂静，让纳兰怅然若失，不觉竟转成一声长长的叹息。

夜色冷清，何时天明？

拂晓前的星空，已经在散发着微白的光线，晨星的光芒愈加缥缈，仿佛转眼就要飞散而去。“散”在这里并不是“散落”，而是“消散”之意。当晨光初启，夜空中的星星并非坠落，而是在破晓渐白的光线里慢慢淡去。“散”便是形容拂晓前的星空逐渐模糊，仿佛要融化在天光中的情景。

这首词的最后，静中终于生出了动。破晓在即，星光散漫渐弱，此时，一望无际的平原上，雁影乍起，昭示黎明的来临。

整首词皆是白描，语言质朴，自然流畅，却能将大片景色揽于笔下，张弛自如，犹如一幅画卷，一眼看尽，却又在最后留下惊醒长飞的大雁，余味悠长。

步韵词祭

点绛唇·步韵纳兰《黄花城早望》

京北城楼，夜来烟雪谁家栈。
朔风无限。吹到襟前看。

过客飘蓬，世事何须叹。
天将旦。月痕新散。寥落云中雁。

浣溪沙·十里湖光载酒游

十里湖光载酒游。青帘低映白苹洲①。西风听彻采菱讴②。

沙岸有时双袖拥，画船何处一竿收。归来无语晚妆楼③。

浅显注释

①白苹洲：江苏省吴兴附近有白苹洲，但在诗词中只是泛指长满白色苹花的沙洲。温庭筠《梦江南》：“斜晖脉脉水悠悠，断肠白苹洲。”

②采菱讴：采菱人唱的歌曲，在这里泛指江南民歌。

③妆楼：旧时将女子居住的楼阁称为妆楼，是为“梳妆之楼阁”。

对章小赏

《浣溪沙》，唐教坊曲目，另有《摊破浣溪沙》，又名《山花子》，有些微不同。

这首词应作于康熙二十三年（1684年），其时，纳兰随康熙游江南。

这是一派热闹的江南美景。江南多水，水上小舟绕洲行，江南多女子，岸上舟中皆可见，一片清歌，随风而发，甚是美妙。

首句“十里湖光载酒游”，可谓是宴游名句。湖光因为映照风景而美，“十里”之大更是在说水面宽阔，这句话最妙之处在于没有提到“船”，而是将人直接置入景色之中。

按照古人常用的表达方法分析，这句话应该译作“（用船）载着酒，去游览那方圆十里的湖光美景”，但是，从原句上看，我们很难分辨清楚，到底是船载着人和酒同游，还是湖光载着人和酒同游。因为没有“船”的意象，人与湖光融为一体，投身自然之美，是为绝妙。

船上有舱，舱门口的帘一般都是青色的，“低映”一词，是在描绘水中小洲从低垂的帘下映入眼中的情景。水中小洲多平整，即使是帘子低垂，也能从下面的缝隙中看到开满白苹花的沙洲。

“西风”句中，“听彻”说明歌曲四下传唱，并非一船一人。“西风”可能是实写，也可能只是代表湖面上的轻风。之所以用“西”，是因为“东风主春多躁动”，而“西风多起于傍晚，以秋为静”。所以“西风”的重点并非其方向，而是它所代表的静谧之感，因风静，歌声才能传得更远、更久。

上片用虚笔写实景，再加入人与歌声，营造了悠然欢乐的气氛，转入下片后，开始将女子作为景致着力描写。

下片中的“沙岸”与“画船”两句又是双关用法，很多研究者认为这两句是在写女子，但若以风景的角度来解，竟也是说得通的，不得不承认，这才是纳兰词工的精妙之处。

船行水上，沿沙岸向前。蜿蜒的沙岸仿佛女子的双袖一般，时而多情地合抱在一起，致使船上之人不得不掉转船头绕出沙湾，而画船上垂钓的人又在哪里收着自己的鱼竿，结束他一天的闲适？

这是最为普通的字面解法，其中的“一竿”，世人猜测是出自南唐后主李煜《渔父》中“一壶酒，一竿身，世上如侬有几人”一句。不过，“一竿”这个词还有另一种说法。

宋代朱彧《萍洲可谈》中有“京师买妾，每五千钱名一竿”的记载，是说在京城买回一妾要出五千钱，这五千钱称为“一竿”。

那么，如果这首词中的“一竿”，是指购入小妾的“五千钱”呢？

这样一来，“沙岸”两句便成了渴望美丽女子的意思。

沙岸上，时不时就能看到美丽女子翩然的衣袖，“拥”字道出了女子的数量之多，一人双袖是无法造成“拥”入眼帘之感的。

除了沙岸上看不尽的女子，游玩的众人还想找到一条画船，寻到愿意以一竿钱而易身的女子。画船多为游客宴饮娱乐之船，船上多载歌妓，能歌善舞又貌美。

“沙岸”二句是对偶句，所以，如果“一竿”解作渔人，那么“双袖”便是沙岸的形态；如果“一竿”是购妾之资，那么“双袖”便要相应地解作美人，这组对句才能在意境上和谐统一。

不过，无论是何种解法，到最后，夕阳西下，尽兴而归时，众人无语，随波流荡，水边女子的楼阁，也在斜阳的照耀下，静默无声。

跟随着前两句的不同解法，这里的“无语”也有两种解法：一是酒尽人醉，众人微醺，共享晚霞静好；二是未得佳人，望尘兴叹，一日游毕，倍觉疲累，归来后，妆楼内空无一人，是为无语。

日间的热闹欢聚，与夕阳西下时的宁静楼阁，动静相偕，将江南水乡的美好尽数展现。真可谓有纳兰之笔唱诵，则“情动于风，词生于水”，不枉一游。

步韵词祭

浣溪沙·步韵纳兰《十里湖光载酒游》

一日江南入画游。横桥卧水对苹洲。小莺无赖竞歌讴。

笔下文章轻易现，船头风物自然收。幽情百载最高楼。

浣溪沙·谁念西风独自凉

谁念西风独自凉。萧萧黄叶闭疏窗①。沉思往事立残阳。

被酒莫惊春睡重②，赌书消得泼茶香③。当时只道是寻常。

浅显注释

①疏窗：刻有花纹的窗户。

②被酒：醉酒。　　春睡：醉困沉睡，脸上泛红有如春色。

③消得：消受，享受。此句出自李清照和赵明诚的典故。李清照《金石录后序》记载，两人时常饭后在归来堂中烹茶，之后指着堆积的书卷史籍，说出某事在某书某卷第几页第几行，言中者胜出，可先饮茶。但胜者每次都要得意地举杯大笑，令茶倾洒怀中，反不得饮。

对章小赏

这是一首悼亡之作，整首词充满悲凉气息，纳兰在追忆与哀叹中，将自己对亡妻卢氏的思念之情倾泻而出。

她就这样离他而去，甚至没有考虑过，他在形单影只的日子里，会不会感到西风无比寒凉。现在，西风悲凉，落叶萧萧，打落在紧闭的窗棂上，落下一地金黄。

经年生死两茫茫，轩窗无人自梳妆，只剩下纳兰一人，对着落叶与残阳，细数飘散在风中的往事。

他们曾是那般欢愉，琴瑟和谐，对酒吟诗，还记得那次醉后，她沉沉地睡在榻上，美丽的脸庞仿佛春天最娇艳的一朵桃花，让他不忍惊动。他们也有过赵明诚和李清照那样以书赌茶的美妙往昔。如今，往日的美好只剩回忆残留，而当年的他们，身处其中，却只觉是寻常之事。

这首词上片写景，以景诉情，将西风、秋色、残阳、落叶、空窗一一入词，描绘了一幅斯人已去空留凄凉的哀景。写景之后，是纳兰在这片哀景中的独立与沉思。

其中以“闭疏窗”中的“闭”字尤为传神。秋风乍起天渐凉，房间的窗户本是关着的，但纳兰却在这里用“闭”字，将窗的关合推给了落叶。“闭”字在此是使动用法，是“（黄叶）使窗闭”之意。

是何等悲伤的秋色，能让房间的窗户也为之关闭？“闭疏窗”，其实也是闭心门之意。秋色令窗闭，神伤锁心门，词中这扇紧闭的窗，代表了纳兰的心门，在失去爱妻的凄凉与痛苦中，紧紧地锁了起来。

下片两句有如疾风骤雨，将时间拉回到曾经的岁月。此处用了赵明诚与李清照的旧事，虽然纳兰与卢氏可能未曾赌书，但那种皆爱诗文、志趣相投的默契，想必是与赌书二人相类的。

这里是纳兰的自比，也是他对自己与卢氏之间感情生活的诗意升华，纳兰用赵明诚夫妇的千古佳话指代自己夫妻生活的和谐，也从另一个方面显示出他对卢氏用情之深、对这段感情用心之重。

在夕阳的抚摸下，脑海中的画面不断灼伤纳兰的心。眼前所见、脑中所想，皆是他们回不去的美好和历历在目、刺痛内心的梦境。饮酒嬉戏，赏花邀月，诗书作友，欢笑为伴，往事越暖，西风越凉，回忆越美，内心越痛。

但最痛的不是失去，而是拥有时的不珍惜。谁也没有想到，卢氏只陪伴纳兰走过了匆匆的四年光阴，便撒手尘寰。

曾经的每一天，他们都以为可以再度拥有。曾经的每一幕，他们都以为可以往日重现。殊不知世事翻覆、命运无常，谁又能陪着谁一直走下去？

相伴走过的小径，头上银钗的式样，襟前盘纽的颜色……当年以为是日常琐事的一幕幕，如今清晰如画，却又只在梦中。

若曾经，能以一生只此一日的虔敬去相伴，以百载仅此一瞬的赤诚来珍惜，当年的岁月，会不会过得更美？四年的时间，会不会走得更慢？到今时，如此这般的懊恼悔恨，是不是会稍淡？

若当初那样，该有多美；若她还在，该有多好。

步韵词祭

浣溪沙·步韵纳兰《谁念西风独自凉》

孑影青衫分外凉。何关秋雨入寒窗。霓裳一曲断昭阳。
诗酒风流终岁苦，神仙眷侣半生香。梦回绣榻话寻常。

浣溪沙·身向云山那畔行

身向云山那畔行①。北风吹断马嘶声。深秋远塞若为情②。

一抹晚烟荒戍垒③，半竿斜日旧关城。古今幽恨几时平。

浅显注释

①那畔：那边。

②若为情：犹言何以为情。

③戍垒：守军营垒。

对章小赏

这首词当作于康熙二十一年（1682年）八月，纳兰在去往觇梭龙的路上。

“塞下秋来风景异”“何处异京华”？云山北风马声断。

深秋时节，纳兰身处边塞。这里远离京师，不要说繁华，就是人烟也很难看到。这种荒芜的景象，和随之而来的空寂心情，都被纳兰完整地写进词中。

上片首句便是一声叹息。

“身向云山那畔行”，远处的高山，被浮云遮挡，而纳兰此行要去的地方，比那片被流云遮住的群山还要远。“身向”，是身不由心之意，只有“身”正在向着远处的高山之外走去。而心呢？心还留在京城。

“那畔”一词，则是纳兰遥望目的地的方向时发出的感慨。与纳兰在《长相思·山一程》中“身向榆关那畔行”中的“那畔”含义相同。

能见到云绕高山，说明山已是极远，而他却要去山的那边，是远上加远的地方。

这句话中，多少包含了一丝不情愿，既是因路途遥远，也是因沿途寂寞。深秋时节偏远的边塞，树叶已落，气候早冷，荒无人烟，北风吹面，人马瑟瑟，就连平日里响亮的马嘶声，都被这残酷的寒风吹得断了声响。

这里的马嘶，有版本解作“远处的马嘶”，是为不妥。塞上荒凉，远处有人马实为不易。另外，纳兰此行自然不只他一人，而是一行人马，其中也许有马匹受惊，昂首嘶鸣。

这种带着随从的队伍，人马说近也近，相随移动；说远，队首和队尾之间也有一定距离，而这个距离，足够让呼啸的北风以及沙石的滚动声淹没马匹的嘶鸣。

在这样的边塞行走，纳兰的第二声感慨就此发出：“深秋远塞若为情。”

他实在不知道，自己该用何种语言描述所见所感，更不知该用何种心情去面对如此恶劣的环境，这深秋塞上的风景，让他情何以堪。

下片中，时间已临近傍晚，荒芜的景象更添苍凉。

已经废弃的兵营堡垒中，远远地有一抹轻烟飘然升起，渐渐地散入暮色之中，而此时，已经西斜的落日，正悠悠地照在边关的城墙上。

不用落日，也不用夕照，却用了更有画面感的“半竿”，日已落向旗杆的一半高度，一笔绘成，优美如画。但这片金色的光芒，映照的却是萧索荒凉的旧时战场，与屹立在边关百载未变的老城。

古今悠悠，天地未变，人事已转。曾经杀声震天的战场，如今只剩北风吹送。多少热血洒落，多少朝代更替，而天地终将遗忘所有，无论是世事的变迁，还是人生的无常。此间幽恨，又有何人懂，又能何时平？

这首词一改纳兰清丽凄婉的风格，虽多摹景状物，却寓情其间，以景关情，浑然天成，壮丽而不激烈，萧条却不灰暗，远离硝烟与粗犷，将向来豪迈的塞外风光绘成一幅静静的夕阳画卷。

词中有感叹，更有感悟，在远离京城的边地，纳兰将风物变迁全都看在眼里，将整个塞外落于心中，末了只化作一声幽幽的怅问，散落在天地间，无人能答。

步韵词祭

浣溪沙·步韵纳兰《身向云山那畔行》

萧瑟秋光任马行。玉笛吹尽北风声。频将回首怨乡情。
云外江南双飞燕，山前塞北一孤城。残阳无奈落沙平。

画堂春·一生一代一双人

一生一代一双人[①]。争教两处销魂。相思相望不相亲。天为谁春。

浆向蓝桥易乞[②]，药成碧海难奔[③]。若容相访饮牛津[④]。相对忘贫。

浅显注释

①一生一代一双人：语出唐代骆宾王《代女道士王灵妃赠道士李荣》："相怜相念倍相亲，一生一代一双人。"

②蓝桥：地名。今陕西蓝田县东南蓝溪上，传说此处有仙窟，是裴航遇仙女云英处。《太平广记》卷十五引裴硎《传奇·裴航》云："裴航从鄂渚回京途中，与樊夫人同舟，裴航赠诗致情意，后樊夫人答诗云：'一饮琼浆百感生，玄霜捣尽见云英。蓝桥便是神仙窟，何必崎岖上玉清。'后于蓝桥驿因求水喝，得遇云英，裴航向其母求婚，其母曰：'君约取此女者，得玉杵臼，吾当与之也。'后裴航终于寻得玉杵，遂成婚，双双仙去。"

③药成碧海难奔：《淮南子·览冥训》："羿请不死之药于西王母，姮娥窃之，奔月宫。"在此用"碧海"，是化用李商隐《嫦娥》："嫦娥应悔偷灵药，碧海青天夜夜心。"

④饮牛津：牛郎星饮牛之岸，即天河边。晋代张华《博物志》："旧说云：天河与海通，近世有人居海渚者，年年八月，有浮槎来去，不失期。人有奇志，立飞阁于槎上，多资粮，乘槎而去。至一处，有城郭状，屋舍甚严，遥望宫中多织妇，见一丈夫牵牛诸次饮之，此人问此何处，答曰：'君还至蜀郡问

严君平则知之。’后至蜀，问君平，曰某年月日有客星犯牵牛宿。计年月正此人到天河时。”后即以饮牛津谓天河。

对章小赏

该首《画堂春》，作成时间不详。有人说其为悼亡，有人说其为描摹无望的爱情。严格说来，悼亡之作，本身就是在描摹一种无望的爱情，所以这两种说法，一直没有定论。

笔者个人拙见，以此篇为悼亡之作。该首词上下两片相呼应，上片写地，人间一生一代，地上春风绿草，下片写天，蓝桥故人双双登仙，碧海深宫夜夜孤心，天河之岸凄凄徘徊，正应了他与亡妻的“天人永隔”。

先说上片。

纳兰用典娴熟，上片将“初唐四杰”之一骆宾王的诗句信手拈来，化为己用。骆宾王的“相怜相念倍相亲，一生一代一双人”，本是一番感天动地的“两两相伴”，其中尤以“倍”字为龙睛，而纳兰化用时，却釜底抽薪地换掉了这个“倍”字。

相思相望，辗转牵挂，却不得相亲，更不要说相守相伴，正承上句“两处销魂”。

最美好的爱情，是“你喜欢的人，恰好也喜欢你”。但在纳兰的这首词中，用尽一生一代的情缘才能相遇的，一双天仙配一般的人儿，却在两处各自销魂。

没人陪伴的寂寞，是最寂寞。明明应是“一双”的人儿，却教他们两地寄相思。所寄相思越盛，所承受的寂寞越重，那相思相望又盼望着相亲的热烈渴望，将这一双人儿的寂寞和惆怅无限地放大开来。便落得——越寂寞，越相思，越相思，越寂寞。

于是，惆怅之下，仰头问天，竟为谁春?

失意时，不愿看人得意；悲伤时，不敢看人欢笑。孤单的人，在情人相约的夜晚总会有怨，而纳兰，竟连自然更迭的冬去春来都无法忍受，足可见其内心怨愁之深。

这怨愁笼罩了他灵魂和身体的每一寸，于是，他连那温暖的春风，都要嫉妒怨怼。

上片最后一句中“为谁春”的“谁”，又是一字点睛。这个字，体现出纳兰浓烈的主观色彩。若是用“为何”，只是客观地问天为何如此；而用“为谁”，却让这个问题带有纳兰的主观色彩，可谓是“我心怨愁似冬寒，苍天为谁展春光”，用一个虚无不定的假想敌——“谁”，反照“两地销魂”折磨之下的“我”。

下片中，纳兰将目光从地上人间，看向天际。

四句连用三典，可谓博采众长。

首起两句是对仗。其实，《画堂春》下片两句对对仗工整并没有严格的要求，但从经验上看，对仗总比平铺直叙富于韵律和节奏，这也是各大名家竞相追求对仗的主要原因。

“浆向蓝桥易乞”句，是倒装，该句的格律是“中仄中平中仄”，如果按照正常的语序，可以写成“我乞蓝桥浆易”，但这样写便不是纳兰，而是一位打油词人。

这里的倒装，主要是为了和后面的“药成”句组成工整的对仗格式，同时，重新排列后的字词，也生出一种奇妙的节奏感，使得整个对句神采飞扬。

再看“药成”句，它是“蓝桥乞浆”的对句。后羿求药、嫦娥偷食的故事众人皆知，前后的对句，仿佛在分别说着，“蓝桥的琼浆易得，但纵使灵药炼成，也难登青天”。

好的对句就像门上的对联，合起来是一个意境，或互文，或对比，总有照应。所以，词中的对句，一定要将其看成一个整体，一起看，一起赏。

这组对句的相同之处，在于“乞浆”和“奔天”，都是为了相聚，裴航遇云英，后羿欲登碧海、入广寒、寻嫦娥。但“易”和“难”二字，又直接将这组对句拉开距离，形成了对比。

裴航遇仙女云英，求浆之易，在于仙女云英先落于地，只等裴航来遇，便可水到渠成、共赴美景。而后羿的情况却不容乐观，一人份的灵药，两人分食，皆可得长生不老，待灵药再次炼成，可再求灵药以上天。但嫦娥独食了灵药，而后羿余下的生命，根本等不到西王母将灵药再次炼成。故此这番登天，才称之为“难”。

对纳兰而言，伊人在天，相会无期，一介凡人，纵有西王母的灵药，也难将他送达那伴着广寒的青天碧海。他就像后羿一样，夜夜仰望天阶，却只能拖着沉重的肉体，在人间踽踽独行。

既是如此，可否许他如那问津之人，登临天河之岸，与伊人相会？

“饮牛津”，引申为天河，纳兰用此典向我们传达出自己深切的渴望与期盼，渴望着能与那本应与他“一双”的人儿执手相看，“相思相望更相亲”。

从开始到最后，整首词中，盘桓在诗人心内的所有期待，都体现在他最后选用的典故上。

天河，牛郎织女七夕相会的地方，是千古传唱之地，不能服灵药登青天的词人，遥望着天上他那看不见的伊人，想象着有朝一日能与她重聚于天河之岸。

最后一句中的“忘贫”，浸染着纳兰梦想中的无尽欢乐。所谓“贫贱夫妻百事哀”，能使之“忘贫”的欣喜，是何等浓郁，将其与前文的“天为谁春”相对比，又何其凄婉。

在人间，相思相望不相亲。

在天上，天河之岸笑忘贫。

从“两地销魂”，到“碧海难奔”，最后落到“相对忘贫”，从现状，到憧憬，纵几世春风吹遍，也吹不散这满心的寂寞与惆怅。

纳兰将这首词，洒向天际，将浓浓的期盼，展现给我们，将孤独，留给了他自己。

步韵词祭

画堂春·步韵纳兰《一生一代一双人》

一生一世醉心人。悲凉岂是孤魂。诗情唯苦忆相亲。无那冬春。

婉约连篇既久，泪光转瞬还奔。便藏絮语道津津，只笑词贫。

蝶恋花·萧瑟兰成看老去

萧瑟兰成看老去①。
为怕多情，不作怜花句。
阁泪倚花愁不语②。暗香飘尽知何处。

重到旧时明月路。
袖口香寒③，心比秋莲苦。
休说生生花里住④。惜花人去花无主。

浅显注释

①兰成：庾信的小字。唐代陆龟蒙《小名录》：“庾信幼而俊迈，聪敏绝伦，有天竺僧呼信为兰成，因以为小字。”此处为纳兰自指。

②阁泪：含着眼泪。阁，同“搁”。

③袖口香寒：语出北宋晏几道《西江月》“征衫袖口香寒”。

④生生：每一生，世世代代之意。

对章小赏

《蝶恋花》，又名《鹊踏枝》《凤栖梧》，唐代教坊曲目。

单从词牌上看，无论是蝶恋花、鹊踏枝，或是凤栖梧，都有无比美好的寓意，每次看到这个词牌，我都会忍不住眼前一亮，仿佛看到了世间最为美满的爱情。

不过，这首词却是悼亡之作。

上片首句，纳兰以庾信自比，既是以文才比，也是以庾信前后截然不同的人生和作品来比喻自己失去爱妻之后内心的强烈变化。

庾信（513—581），南北朝时期诗人、文学家，自幼随父亲出入南朝梁国宫廷，后与徐陵一起任东宫学士，成为宫体文学的代表作家，两人的写作风格被称为“徐庾体”。

侯景叛乱后，庾信逃往江陵辅佐梁元帝，后奉命出使西魏，在此期间，梁却被西魏所灭，庾信失国。北朝君臣重南方文学，便将庾信留在北方任职，北周代魏后，更受重用。当时，南朝陈与北周交好，流亡北方之士得归故土，唯庾信与王褒因其盛名，不可南归。

就这样，庾信在北方身居显位，受皇帝礼遇，与诸王结交，却无法回到思念的故土，抱憾终生。正因为这样的经历，庾信后来的作品，一改之前华丽的宫廷风格，转而深沉厚重起来。唐代杜甫有“庾信文章老更成”“庾信文章最萧瑟”等诗句。

纳兰用“萧瑟兰成”比喻自己，庾信萧瑟为故土，纳兰萧瑟为故人。在夜以继日的思念中，纳兰像庾信那样空自老去，庾信空老是为不得归，纳兰空老是为人不归。

“看老去”，说的是眼睁睁看着自己日渐老去，此处有“为伊消得人憔悴”之意，纳兰去世时年仅三十岁，断不会有真正意义上的衰老，词中之老，是心思老去、容颜憔悴。

下两句“为怕多情，不作怜花句”，则是以“情不敢说，心不能碰”的状态，将浓重的悲痛道出。“多情自古伤离别”，佳人已去，离别之事不可逆转，为了不让自己过度悲痛，纳兰甚至不敢为花写诗作词。

古代常以花代人，一旦怜花，势必怀人，害怕“多情”而不敢作与花相关的诗句。因为悲恸欲绝无法直面事实，甚至连能引起联想的事也不敢做。这并非纳兰软弱，而是他在用最直接的方式，表达最深切的悲情。

虽说了“不作怜花句”，但哀情至极，情不由衷，含泪愁容，傍花而立，花香飘尽，无处可寻，空自悲切。“暗香飘尽”从表面上看是写花香，却实指爱妻的生命，美人如花，笑亦含香，如今美人不在，就像一阵暗香，不知归往何处。

如果说上片写尽思念，那么这首词的下片，便是纳兰在追忆往昔。

暗香不知何处去，留给纳兰的，只有曾经的回忆。既然已无日后缘分，至少可以循着回忆上溯，于是便有了“重到”一句。“旧时明月路”上，明月依旧，却已物是人非，形单影只，纳兰用这种方式纪念和缅怀妻子，也怀念着他们一起走过的岁月。

下两句写“重到”时的心情，“袖口香寒”承接上片尾句中的“暗香飘尽”。此句是套用晏几道原句，意思也与之相似，都指女子留在袖口的香气已经消散。“寒”字虽然为寒冷之意，但在焚香过程中，香暖为盛，寒为衰，暖时香气缭绕，寒时“一丝残篆”[1]，故有“香寒”之说。

古代女人多用熏香，身上也会留香，男子的衣物也因此染上香气，因终日熏香，得日久不散，是所谓“盈香满袖”。宋代李清照《醉花阴·薄雾浓云愁永昼》中有“暗香盈袖”之说，恰与这首词中的“暗香”“袖口”相应。

残留在袖口的香气几近消散，纳兰的心情比秋天的莲子还要凄苦。“秋莲”从字面上看，是指秋天的莲花，但在这里实际指莲子。莲花即荷花，多生于夏季，入秋则花落叶败，只剩莲蓬、莲子，莲子清苦，秋莲凄凉，合而为纳兰凄苦之情的写照。

词的末两句，依旧是在说花。

切莫再说以后要生生世世住在花丛中，爱花之人如今已不再，只留檐下满庭花，“寂寞开无主”。

最后一句，看似怜花，实为纳兰用花开无人赏的孤寂来写自己的心情。曾相约共度一生甚至是共度三生三世的爱人，撒手尘寰弃他而去，正是“惜花人去花无主”之意，此是怜花，更是自怜。

---

[1]一丝残篆：同为纳兰词作，详见卷二《南歌子·翠袖凝寒薄》。

继而再反观上片二、三句，更可得纳兰之妻爱花之论。因其爱花，才会有“生生花里住”的愿望；因其爱花，在她离去后，纳兰才不忍怜花，更不忍作怜花句，生怕勾起自己早已满怀的悲痛之情。

蝶恋花，蝶已去，花自红，这首词选此词牌，别有深意。正因如此，才让这首词变得更加凄婉悲痛，得近代词人及学者谭献赞誉，称其“势纵语咽，凄淡无聊，延巳、六一而后，仅见湘真”。（《箧中词》评）

谭献的意思是说，这首词气势纵横开阔，情一发而不可收，而字句凝噎滞涩，仿佛字字血、声声泪，其风格于古人可追五代冯延已、北宋欧阳修，及近代唯见于陈子龙[1]之词，是为谭献之盛誉。

步韵词祭

蝶恋花·步韵纳兰《萧瑟兰成看老去》

弄玉终乘鸾凤去。千古风流，泪落成佳句。好似春城无限语。玉容寂寞归何处。

肯把余生从驿路。待转乾坤，一炷香心苦。魂魄结兮情不住。长眉案下怜花主。

[1]陈子龙：陈子龙（1608—1647），明末官员，著名的文学家，是云间派领袖，被公认为明代最后的大诗人，并对清代诗词产生较大影响。纳兰与顾贞观合编《今词初集》中选陈词二十九首，数量远超过其他人，可见对其尊崇程度。

卷二

金缕曲·赠梁汾[①]

德也狂生耳[②]。
偶然间、缁尘京国，乌衣门第[③]。
有酒惟浇赵州土[④]，谁会成生此意[⑤]。
不信道、遂成知己。
青眼高歌俱未老[⑥]，向樽前、拭尽英雄泪。
君不见，月如水。

共君此夜须沉醉。
且由他、蛾眉谣诼[⑦]，古今同忌。
身世悠悠何足问，冷笑置之而已。
寻思起、从头翻悔。
一日心期千劫在[⑧]，后身缘、恐结他生里。
然诺重[⑨]，君须记。

浅显注释

①梁汾：顾贞观（1637—1714），字华峰，号梁汾，江苏无锡人。康熙五年（1666年），在顺天乡试中中举，著有《积书岩集》《弹指词》。

②德：是纳兰的自称，这是他效仿汉人，将“成”为姓，以“德”为名，字“容若”，而不用“纳兰”这个姓氏。

③缁尘：黑色的尘土。比喻世俗污垢，语出谢朓《酬王晋安》中“谁能久京洛，缁尘染素衣”。缁，黑色之意。　京国：京城。　乌衣门第：比喻显赫的家世。旧时南京乌衣巷中，有东晋王、谢两家大族居住。

④有酒惟浇赵州土：此句用唐代李贺《浩歌》中“买丝绣作平原君，有酒惟浇赵州土”。平原君为战国四公子之一，是赵国贵族，武灵王之子，惠文王之弟，礼贤下士，门客数千。　浇：浇酒祭祀之意。此处为表达对平原君的仰慕之情。

⑤成生：纳兰自称。纳兰性德原名纳兰成德。康熙十四年（1675年），保成为太子，为避讳其名，纳兰将“成德”改为“性德”，次年保成改名胤礽，纳兰遂改回“纳兰成德”。“性德”一名只用一年时间，目前却流传最广。纳兰署名时，通常写“成德”，或干脆以“成”为姓，写作“成容若”。

⑥青眼高歌俱未老：此句当是化用唐代杜甫《短歌行·赠王郎司直》中“青眼高歌望吾子，眼中之人吾老矣”。　青眼：黑色的眼珠，人正视他人时可见眼珠，以示重视，其意与“青睐”相同。青眼的典故来自晋代名士阮籍。《晋书·阮籍传》载，阮籍能为青白眼，见世俗之人以白眼对之。嵇康兄嵇喜来为阮母吊唁，籍作白眼，嵇康闻之，提酒挟琴来访，阮籍大悦，才现青眼。

⑦蛾眉谣诼：造谣诽谤之意。蛾眉最初是形容女子美丽，后用于比喻才能。“蛾眉谣诼”化用战国时屈原《离骚》中“众女嫉余之蛾眉兮，谣诼谓余以善淫”。

⑧心期：以心相许，期有期许之意。　劫：佛家、道家用语。道家谓天地一成一毁为一劫难。古印度波罗门教认为宇宙经历若干万年之后会毁灭一次，重新开始，这样的一个周期称之为劫，并将劫分为大、中、小三等。一个中劫由二十个小劫组成，四个中劫为一大劫。

⑨然诺：承诺。然和诺，都是古人用来应答的话语，“然”的意思为“是这样的”，表示肯定；“诺”的意思是“这样可以”，表示同意允许。

对章小赏

《金缕曲》又名《贺新郎》《乳燕飞》等。韵脚选入声[1]，较激壮，用上、去声韵脚较凄郁，此牌贵在能与多种风格相宜，题材广泛。

这首词是纳兰的成名作。

康熙十五年（1676年），为营救顺治年间在“丁酉科场案”中蒙冤而被流放东北的吴兆骞，时年三十九岁的顾贞观主动与纳兰结识。当时，顾贞观辞官在家，郁郁不得志，与纳兰的地位根本无法相比，但两人相见恨晚，很快结为好友。

其时顾贞观做《侧帽投壶图》，这首《金缕曲》便是纳兰为顾贞观题画所作，词中推心置腹、剖肝沥胆，抒发了对顾贞观、吴兆骞等有才之人的同情与抱不平，亲切、真挚，是历代赠友诗篇中的佳作。

顾贞观亦作《金缕曲·酬容若见赠次原韵》为和：

且住为佳耳。
任相猜、驰笺紫阁，曳裾朱第。
不是世人皆欲杀，争显怜才真意。
容易得、一人知己。
惭愧王孙图报薄，只千金、当洒平生泪。
曾不直，一杯水。

歌残击筑心逾醉。
忆当年、侯生垂老，始逢无忌。
亲在许身犹未得。
侠烈今生矣已。

[1]平、上、去、入是汉语四声，也是诗词中“平仄”的基础。其中上、去、入三声为仄，其余为平。普通话中四声阴平、阳平、上声、去声是重新规定的，与之前的四声有一定相通之处，却有很大不同。因古语与现代汉语发声不同，普通话中已经没有真正的入声，古时的入声一类大多归入第三、四声部，少数归入第一、二声部。

但结记、来生休悔。

俄顷重投胶在漆，似旧曾、相识屠沽里。

名预籍，石函记。

纳兰的这首词豪迈却不奔放，他将自己对世情翻覆的感悟融于字里行间，写出千古同悲、一眼万年之气。

上片重点抒发自己与顾贞观情意相投之感。

“德也狂生耳”，首句便将自己慷慨不羁的内心推送到顾贞观眼前，“狂生”一说，很容易令人联想起唐代李白《庐山谣寄卢侍御虚舟》中的“我本楚狂人”一句。

接下来便说到自己这样的一名狂生，身处何世何界，偶然之间，投胎在皇姓高门，伴着京师大道的尘土，飞入堪比王谢的深宅大院，成了名副其实的世家子弟。

一个“偶然间”，用得极为巧妙，它既道出了纳兰的显赫家世，又轻描淡写地抹去了这层光芒可能带来的盛气凌人，消除了地位和身份的差别，使他与顾贞观之间的距离又近一步。

说完身世，纳兰又写真实的自己。虽是权臣之子，却从不重视权势，若手中有酒，也只会祭洒在平原君赵胜的墓前。可是，京畿多浮尘、乱人心，谁又能明白他的心思？

“有酒惟浇赵州土”，并不是说他只崇敬平原君一人，而是泛指像平原君那样以德会友之人。此句虽用李贺原句，但究其根本却是不同的心境。李贺怀才不遇，一心希望能遇见平原君那样的重贤之人，而纳兰为纳兰明珠长子，仕途光明，所以，他对平原君的敬仰无关政治，而是着眼于纯粹的品德风骨。

不过，纳兰此等心思，未必有很多人理解，毕竟明珠府中来往之人多是权贵，很难与纳兰以德会友，他们甚至很难理解和接受他的这种“偏离政治”的想法。

正因为身处这种环境，纳兰才对世道有了和顾贞观相似的看法，正是这种俗世之外的共鸣，让他们“遂成知己”。

既是知己，自然当另眼相待。“青眼”既是用典，也是对顾贞观的重视，更道出纳兰对不同道者的看法。虽然他未必“阮籍猖狂”，敢当面白眼，但在心中，他也一样日日白眼。

于是交得了青眼知己，便要饮酒放歌，趁着他们都还青壮。到“拭尽英雄泪”，词的内容已经从抒发相见恨晚，悄悄地转入劝慰友人。

酒席上，必是要聊起过往，顾贞观营救吴兆骞的道路是艰辛的，虽是坐在庆贺知己相逢的宴席上，说到动情处，何人不弹泪?

此时的月光明亮如水，正是美好夜色，欢宴已极，趁着酒兴，纳兰力劝顾贞观举杯畅饮，将那些恼人的烦扰暂且放下，与他共醉。

月色如水，是写景，也是写意。古人常以月为高洁，清月、寒月等更是出尘高士的代名词，纳兰说月色皎洁无瑕，更是在说他和顾贞观两人“心如明月无纤尘”。

下片中，首句“此夜须沉醉”是接上片“向樽前”，是为席上相劝，“且由他”之后的这段劝慰之语可以说是荡气回肠，劝酒、劝泪、劝人心。从古至今，此生来世，寥寥数语，跃然行间。

向来蛾眉招人妒，又何必去在意世间的流言蜚语。这里的“谣诼”，有人解作时人对顾贞观“攀附纳兰家公子”的讥讽，但此时两人初相识，不太可能引人非议。这里的“谣诼”指的是康熙十年（1671年）顾贞观被人排挤退任之事。

纳兰身为名门之后，最有力的武器便是他的身世，可是身世又能如何?依凭身世也好，埋头奋发也罢，又有几人能在历史的演变中独善其身?最后无外是被人冷笑一声，弃置一旁。在这个问题上，纳兰的感触是相当深的。于是便有了“从头翻悔”。

若从身世上细究，几百载时光，数十代前人，身世悠悠，却终教人迷失自己。这是纳兰对身世显赫的最真实看法，若从头来过，他宁愿翻悔前尘，再不要落入高门贵府，飘然世外，只做那个真正的“狂生”。“从头”一说，是纳兰对自己的内心最为彻底的表露。

劝到此处，似乎已经说尽了所有道理，于是纳兰将视线转向了“营救吴兆骞”一事。这是他们此次结交的真正原因。

“一日心期千劫在”极言前路险阻，虽然两人一日结缘，但若想一路走下去，却可能要遇到劫难无数。此缘定长，他们却未必能享用得尽，恐怕最后，还要向来生求告，再续此缘。

这是对生时无常的感慨，也是对前路迷茫的担忧。不过，重情重义的纳兰，在感慨过后，却立下了重如泰山的誓言。

“纵使盛年不在，年华先老，但承诺却无比郑重，请你一定要牢记。”

可以说，纳兰将他们这次的约定，看得比自己的生命还要重，即使生死无常，但承诺永在。因为，这并不是吴兆骞一人的悲剧，也并非顾贞观一人的事业。世上千万贤士遭受不公，营救吴兆骞，并不是在营救他一人，而是在与浑浊黑暗的世道进行斗争。

“君须记”，是纳兰对顾贞观的承诺，凝结了词中所有的真挚，其声铿锵，其意绵长，仿佛桃园结义时的酒香，催开金兰，在整首词的末尾，落成感人至深的余韵。

步韵词祭

金缕曲·步韵纳兰《赠梁汾》

卿也无情耳。
感炎凉、各中无数，总关门第。
袖手观身身正好，却是瑶台留意。
谁欲问、此心由己。
云石从来官道畔，可曾知、碧海青天泪。
应如月，映寒水。

如今只向花间醉。
老城门、金丝满阶，望文生忌。
残影卷中惊坐起，何事当时未已。
三百载、朝歌忘悔。
立紫禁檐廊世外，争白目、中流浪里。
阮籍笑，痴人记。

南歌子·翠袖凝寒薄

翠袖凝寒薄[①]，帘衣入夜空[②]。病容扶起月明中。惹得一丝残篆、旧薰笼[③]。

暗觉欢期过，遥知别恨同。疏花已是不禁风。那更夜深清露、湿愁红[④]。

浅显注释

①翠袖凝寒薄：语出唐代杜甫《佳人》中“天寒翠袖薄”一句。凝寒：严寒。

②帘衣：帘幕，以布为帘，称为帘衣。

③惹得：惹为引来之意。　残篆：篆字形的熏香即将燃尽，是为残。

④愁红：即惨绿愁红，指残花败叶。宋代柳永《定风波》中有“自春来，惨绿愁红……”

对章小赏

这首词写离恨，未从作者本人的角度写，而是以女子的视角来写。已是夏末秋初，夜色渐凉，离人心上也添了更多的愁绪。

词分上下两片，上片首句化用杜诗，“翠袖凝寒薄”意为双袖在夜色的寒冷中显得更加单薄，是因寒，所以更感翠袖薄，并非是因为翠袖薄所以才觉寒冷。

下一句“帘衣入夜空”与首句对仗，生动精彩，落笔传神。帘子低垂，按照常理，无论如何也不会飞入夜空的。事实上，这一句是在描摹实景，而且还隐藏了一个最重要的字——风。帘入夜空，说明有风吹过，无须言说，只在垂帘甫动时，便可知晓。

所以，这一句其实是在写夜风吹动。但风是看不见的，写一句“长风入夜空”，充其量只能引人想象，而纳兰将视线的焦点放在布帘上，抓取其“因风动而入空”的刹那来描写，便将风写成一个实实在在的画面，而不是一次诗情满溢的空想。

夜里不单有风，而且风力颇大，能将整个帘子卷起，甩向屋外，而故事的主角，偏偏还在生病。

“病容扶起”，并非由侍女搀扶而起，而是指病弱的身躯要扶着床榻才能坐起。月色青白，映出脸色的苍白，生病的夜晚，最是可怜可叹。此时，香炉中那写成篆体字的残香，又轻飘飘地吐出最后一丝薄烟。

在卷一《梦江南·昏鸦尽》的注释中，有关于心字香的解释，这里的“残篆”与其意相似。香末本无形，是人们在轻洒时，通过让香末的落点移动，写出各式各样的字迹，“篆”并非用香末写成的字，而是指字体。

香末在洒落时，因笔画堆叠，可能会出现积压，燃烧时上层已成灰而下层始燃，这时，下层燃起的烟气就可能会被已燃尽的香灰覆盖，待到香末燃尽，轻触之时便会有残烟飘出。“一丝残篆”描述的就是这样的景象，不过词中的“一丝残篆”并非触碰而出，而是扶床坐起时，衣袖抖动引起的空气流动将香灰震落，散出最后的烟气。

凝寒、薄袖、夜风、病容、白月、残篆、旧薰笼，以及最后吐出的那一丝烟气，无不令人感到凄婉哀伤，仿佛只要过了这一夜，这女子就会香消玉殒，再无迹可寻。

这种哀婉的情绪直接转入下片。

“暗觉欢期过，遥知别恨同”，同上片首两句一样，也是对仗。“欢期过”说的是两人缠绵欢乐的时光一去不返。一个“暗”字，便道出了心头的全部不甘与不忍。虽然时时刻刻都盼望着彼此的相见，却又暗暗觉得，花事已过缘分已了，是不甘接受，更是不忍面对，只能“暗自”叹息。

“别恨同”则是在遥想千里之外的爱人，想来，也是和她一样，忍受着别离之苦、思念之痛，有“两地相思一处同”之意。这两句不单是在格律上形成对仗，从描摹的对象来说，也是对仗工整。

“暗觉”是女子自己的内心活动，而“遥知”是在隔空猜度对方的心思，内入忧愁心底，外向月下千里，开合之间，已将一人伤，化为两地愁。

写过帘、人、风、月、香、灰，最后的两句，留给了庭中花。

夏季已是尾声，繁花早已疏落，只有星星点点还藏在丛中。夜晚有风，还有深夜的露水。词中的“疏花”，与上片中的“病容”一样弱不禁风。

纳兰在词的结尾处，用了递进的语气，来渲染疏花的可怜，“已经弱不禁风，又如何承受被深夜冰冷的露水打湿身子”？

这是在写花，也是在写那病中坐起不肯安眠之人。夜越来越深，露水浓重，她已是弱不禁风，又是否能经得起冰凉的露水，还有月色下这寂静无人的寂寞与无以言表的思念？

整首词字句流畅，一景一蹙，一物一叹，将两地相思不相望的苦楚写得触手可及，却又仿佛是一场清冷的梦境，在每个人的想象中，兀自缥缈。

步韵词祭

南歌子·步韵纳兰《翠袖凝寒薄》

斜斜归云日，泠泠满月空。轻声跬步绕房中。恰似画眉展翅、在金笼。

一夜秋声过，双城落叶同。凝眸无处解春风，只有相思半盏、梦花红。

一络索·野火拂云微绿

野火拂云微绿[1]。西风夜哭。苍茫雁翅列秋空，忆写向、屏山曲[2]。

山海几经翻覆。女墙斜矗[3]。看来费尽祖龙心[4]，毕竟为、谁家筑。

浅显注释

①野火：指磷火，即“鬼火”。《列子·天瑞》中载，人血化为野火。

②屏山曲：形容山势如屏风一样曲折。详见卷一《采桑子（三首）·其二》注释“六曲屏山”。

③女墙：又称女儿墙，是城墙上面呈凹凸形的小墙，因其比城墙矮小单薄，称为女墙，女字在此代表如女性一样卑小之意。

④祖龙：秦始皇。《史记·秦始皇本纪》中有“今年祖龙死”之句，解作“祖，始也；龙，人君象。谓始皇也”。

对章小赏

《一络索》，宋时词牌，又名《一落索》《洛阳春》《玉连环》等。现今流传的辛弃疾的两首词均题作《一落索》，欧阳修词名《洛阳春》，张先词名《玉连环》，韵律相同。

这首词是纳兰登临长城时的怀古之作，亦有版本将这首词题为《长城》。

天地悠悠，往事越千年，始皇振长策，御宇内，灭六国，得统一，直到纳兰登临长城，转眼已有近两千年的时光。

此时的长城，又是何种景象？

夜来西风，在城墙间穿梭，“其声呜呜然，如泣如诉”，是为“哭”。一眼望去，黑暗中飘荡的鬼火，闪着荧荧绿光，邈远飘动的形态，仿佛与天上的浮云一见如故，随风轻拂。

这是一片凄凉的夜景，却又是有生命的。

轻拂着云朵的鬼火，不知其下长埋着多少将士的骸骨，又葬送了几代人的血脉；城墙间悲泣的西风，不知听过多少次鸣金声，夹杂了多少血腥，又吹动过多少面战旗。

这些从古到今伴随着无数朝代更迭变迁的风物，如今依旧有声有色，辗转不去，在夜色中徘徊，就像是千万个客死他乡的孤魂野鬼在诉说，其情入木三分，令人动容。

夜色终于收尽，静立的长城迎来白昼。

“苍茫雁翅列秋空”一句是实景，秋日的天格外高，又因其高而更显苍茫无际，大雁飞于晴空之上，也染上了天色的苍茫。

这一句看似白描，实则用字工巧。

“雁翅”一词，极言雁群之高，纳兰站在城墙上仰望天空，看见雁群飞过。与其说看到的是大雁，不如说是大雁展开的翅膀，因其高飞，所以身躯是看不清的。这一词，比“南雁”“归雁”等词的描述都更加清晰，可谓细致入微。

“列”字为此句之眼，意在传达雁群队形严整，其本意为“排成一行”，因雁阵可能呈人字形排列，在这里该字可以引申为“排列”之意。这是一个极具主观色彩的字眼，“列”的整齐之感，是有意为之，纳兰用这个动词性的“列”字，直接传达出雁阵整齐的画面效果。

后面两句“忆写向、屏山曲”是指雁群掠过一座座群山时，它们的记忆仿佛跟着身影在山间飞过，写于叠嶂山峦。当然，大雁未必有太多值得落笔的记忆，纳兰却有。

下片接回忆而起。

山海翻覆，沧海变桑田，时光空萧索。世事在不断变迁，但长城屹立不变，就连上面最孱弱的女墙也没有被风沙吹断，哪怕倾斜，也依旧立在城墙上。

这里的“斜”未必是真的倾斜，也可以理解为因女墙凹凸而产生的错觉，或将黄昏时分的夕照分割成一道一道倾斜的日影。

这种“斜”，不是风霜侵蚀后的疮痍，而是遗世独立的悠然，还略带了一丝慵懒，仿佛在说“天地曾不能以一瞬”，却有它以及它脚下的万里长城，犹存于世。

除了写今景、叹翻覆，词到结尾，才步入咏史的感慨。

这耗费了千万人血汗、填埋了千万具白骨、教秦始皇费尽心思的长城，在秦始皇骸骨已成尘的如今，还卧在山上，日夜戍守。却不知，巍巍长城、迢迢数关，竟是为谁而建？

事实上，最早的长城始建于周朝，秦始皇只是在统一中国后，为了更好地抵御北方强敌，发动人力物力，将各国长城连接起来，形成一道连续的屏障。

现存的长城遗迹主要是明长城，始建于十四世纪，纳兰登临的大约也是明长城，但这丝毫不会妨碍他纵观近两千年、甚至更久远的历史，发出世事无常的感叹。

怀古之作向来用笔浓重，这首词却简约、清丽，虽有夜晚、鬼火、西风这般怨景，却是和缓多过肃杀，凄美代替沉痛。

怀古之作多用典作今昔之比，在这首词中，纳兰并未频繁用典。但眼前屹立不倒的长城，以及它经历的千年岁月，足已称之为一部历史大典，供后世之人纵情翻阅。

步韵词祭

一络索·步韵纳兰《野火拂云微绿》

春草今年又绿。风吹骨哭。白头宫女话当时，紫殿下、笙箫曲。

画戟马前新覆。战旗难矗。几番冷雨送麒麟，始皇墓、无情筑。

眼儿媚·中元夜有感①

手写香台金字经②。惟愿结来生。莲花漏转③，杨枝露滴④，想鉴微诚。

欲知奉倩神伤极⑤，凭诉与秋擎⑥。西风不管，一池萍水⑦，几点荷灯⑧。

浅显注释

①中元：俗称鬼节，指农历七月十五日。古代以一、七、十月三个月的十五日为上元、中元、下元。上元天官赐福日，中元地官赦罪日，下元水官解厄日。所以在中元时普度孤魂野鬼，中元日人们举行祭祀活动，于水上放荷花灯，以奠已故亲人的亡灵。中元本是道教节日，后来佛教于此日作盂兰盆会[1]，反而更盛。

②香台：佛殿里烧香的台子，在这里代指佛殿。　金字经：佛经，用金泥抄写而成，清朝贵族有为亡故之人抄写金字佛经的习俗。

③莲花漏：一种古代计时器。唐代李肇《唐国史补》中记载，惠远和尚因居于山中，不知更漏，于是用铜片自制计时器，其状如莲花，底部有孔。以盆盛水，将莲花漏放在水上，水从孔入，过半则莲花漏沉。莲花漏每昼夜沉十二次，是十二时辰。

④杨枝露滴：杨枝，杨柳枝条。杨枝露滴即为杨枝水，佛教用语，观自在

---

[1]盂兰盆会：由“目连救母”的佛经故事而来。佛陀弟子目连尊者，其母堕入饿鬼道，食物入口即化为烈焰，饥苦太甚。目连无法救度，求教于佛，佛陀说盂兰盆经，指导他在七月十五日作盂兰盆以救其母。盂兰是佛教节日，“盂兰”为梵文，意为救倒悬、解痛苦。

菩萨（即观音）便有手持净瓶，瓶中插柳之貌，净瓶中便盛杨枝水，是能起死回生、令万物复苏的甘露。《晋书·佛图澄传》载，石勒之“爱子斌暴病死，……乃告（高僧）澄。澄取杨枝沾水，洒而咒之，就执斌手曰：‘可起矣！’因此遂苏”。甚是神奇。

⑤欲知奉倩神伤极：这是三国时魏国荀粲的典故。荀粲，字奉倩，《世说新语·惑溺》中载，其妻病重高烧不退，时值严冬，荀粲裸身于外，待体表冰冷，入于室为其妻降温。《三国志》载，其妻病逝后，其痛悼不能已，岁余亦死，年仅二十九岁，其事迹成为后世文人悼亡时常用的典故。

⑥秋檠：秋灯，指代水中的荷花灯。檠，通“檠”，灯台之意。

⑦一萍池水：套用苏轼《水龙吟·次韵章质夫杨花词》中“晓来雨过，遗踪何在，一池萍碎”。

⑧荷灯：中元节时水上所放的荷花灯。

对章小赏

这是一首悼亡之作。

中元节是超度亡灵的节日，人们在水边放灯，为亡灵指路。而经受了丧妻之痛的作者，却无心观赏。

这首词只有一处典故，词偏短小，语更平和，于细微处动人，将思念亡妻的心情一点一滴地倾吐而出。

上片起句便是礼佛祷告，潜心抄写经文，和着佛堂中的香气，一笔一画，一字一句，都只为了来生还能与她相遇、相知、相伴。“手写”是习俗，也是诚意，在祈求来生的福分时，容不得半点马虎。

因中元节在水上放灯，所以首句直到最后，整首词都没有离开水。

“莲花漏转”有时间漫长之意。铜制莲花下沉一次为一个时辰，也就是两个小时，可以想见其缓慢程度，而且静置于水上、下沉缓慢的莲花几乎不会转动，若能见到其转动，必定是用了很久的时间，也就是说——长夜未眠。

莲花与杨枝露其实都与佛教有关，这两种物象皆可指代佛教，所以“莲花漏转，杨枝露滴”二句是与前面的“手写”与“惟愿”二句对应，都是在佛前求一段来生缘分。而又是“手写”，又是静观“莲花漏”，再求得“杨枝水”，如此诚挚，却只道是“微诚”。

“微”字在这里解作“微薄弱小”之意，不过，这并不是纳兰在表达自己虔诚不足，而是因为他深知，即使是这样的诚挚，也未必能求得来生福分。在广大的佛法面前，他这点小小的心愿，充其量也只能是一片“微诚”。就像那著名的痴人荀粲，纵然神伤至极，也无法唤回爱妻的生命。

上片到下片，语意和情感都过渡得自然流畅。

统观上片，应是纳兰在佛堂中的实景描写，下片则是水边放灯的情景。放出的荷花灯，是为亡灵引路的，所以，人们通常会在灯上寄托自己的思念之情。

“欲知”与“凭诉”二句须连在一起解，其意为：“很想体会当年荀粲的至极神伤，便可以将这种感觉对荷灯倾诉。”“欲知”是“想知道”，但是人的感情很难言传，只能设身处地去感受，所以这里的“知”，其实是“体会”之意。

“凭诉与秋擎”一句，将其补充完整应为“凭其诉与秋擎”，也就是凭着自己感受到的“神伤极”，来向荷灯倾诉，也是向妻子的亡灵倾诉。

写到这里，纳兰的悲怀已经达到极致，他几乎要跃入水中，将妻子的亡灵寻出，与她喁喁私语。但如此一来，这首词便不再是悼亡之作，而是凭方士之力阴阳相见的故事。

于是，纳兰在这首词的最后三句中，将自己的美梦与期待狠狠击碎。

或许，这并非是他所愿，只能怪眼前风物太残忍。

“西风不管”一句，道出了天地的无情，不管池水，不管荷灯，任意吹拂。一时间，浮萍如碎裂的繁星一般随水颤动，荷灯摇曳，烛焰熄灭，漂转沉塘，西风让一切都变了模样，也将纳兰心中仅存的那一点梦影，揉碎在永夜昏暗的波光里。

这首词的主题，与其说是作者在中元节睹物思人惆怅满腹，不如说是因思念亡妻为求告慰才对这个节日如此在意。

从来都不是什么睹物思人，而是佳人常落于心，行于思，相伴如影。就像宋代苏轼在《江城子·乙卯正月二十日夜记梦》中所写，“不思量、自难忘”，无须外物催唤，她一直在他心中，未曾远去。

步韵词祭

眼儿媚·步韵纳兰《中元夜有感》

眉黛新螺似曾经。一醉到来生。当时未惜，如今不待，半世金诚。
无缘共赴黄泉饮，夜夜晓星擎。人间旧事，多情付水，莲下青灯。

木兰花令·拟古决绝词①

人生若只如初见。何事秋风悲画扇②。

等闲变却故人心③，却道故心人易变④。

骊山语罢清宵半。泪雨零铃终不怨⑤。

何如薄幸锦衣郎，比翼连枝当日愿⑥。

浅显注释

①拟古决绝：拟古，是古人作诗时的常用写法。古，一般是指乐府诗。古乐府中的决绝诗有《白头吟》：“皑如山上雪，皎若云间月。闻君有两意，故来相决绝……”有版本副题为《拟古决绝词柬友》，应是写给友人的断交之作。

②画扇：上面绘有花鸟的团扇。这是用汉代班婕妤的典故。成帝时，赵飞燕姐妹入宫得宠幸，班婕妤退居冷宫，据传有诗《怨歌行》留世，以秋天天气凉爽时被人闲置遗忘的团扇自比。但《怨歌行》是否为班婕妤所作，真正的作者是谁，历代看法不一。

③等闲：轻易，随便之意。

④却道故心人易变：一作“却道故人心易变”，汪元治本《纳兰词》将“故心人”误刻作“故人心”，因其顺口反而常被现代选本沿袭。此句用南齐谢朓《同王主簿怨情》中“故人心尚永，故心人不见”二句，谢诗亦以闺怨团扇抒怀。另，汉乐府古诗十九首《客从远方来》中有“客从远方来，遗我一端绮。相去万余里，故人心尚尔”，大约可以算作最早的“故人心”。

⑤骊山语罢清宵半，泪雨零铃终不怨：此两句取典唐明皇与杨贵妃之事。《太真外传》载，唐明皇与杨贵妃曾于七月七日夜，在骊山华清宫长生殿盟誓，愿世世为夫妻，也就是唐代白居易《长恨歌》中所言“七月七日长生殿，夜半无人私语时”。后安史之乱，奔入蜀，杨贵妃玉殒马嵬坡，唐明皇入蜀途中于栈道上闻雨声、铃声，大悲，作《雨霖铃曲》。骊山在今陕西西安城外，远望山势如马，故名骊山。山中温泉喷涌，风景极佳，自西周起就是帝王游乐之地。

⑥薄幸：薄情。　锦衣郎：指唐明皇。　比翼连枝：比翼鸟、连理枝，化用《长恨歌》中“在天愿作比翼鸟，在地愿为连理枝”。

对章小赏

《木兰花令》，又名《木兰花》《玉楼春》，是唐代教坊曲目，还有《减字木兰花》《偷声木兰花》《木兰花慢》等变格。

这是一首词，分成上下两片，但从格式上看，它与七言古诗非常相似。这也是纳兰最广为人知的作品，其中以首句“人生若只如初见”最常为人道也。

“初见”的含义有很多，有“君子之交淡如水”的平和淡泊，有“曾是惊鸿照影来”的惊艳震撼，有“两两相对只觉春光好”的心旷神怡，还有“一见误终生”的刻骨铭心。

不过，无论何种“初见”，都不会令人悲痛，因为那是两人的缘起之时，所有令人伤怀哀怨的故事，都还未曾发生。初见时，心无忧，天地暖，风清云朗，眉目之间，有的只是淡淡的期许、热诚的注视和无限美好的憧憬。

一个“若”字，道出了所有的不可能，换言之，“只如初见”是一种“如果再回到从前”的奢望，虽然美好得令人窒息，也只能作为一种怀念，停留在悲凉的现实之外。

若只初相见，而不曾相知相恋，如今也不会像悲秋的团扇，因时序流转而被人随意弃置。

美好的回忆总与凄冷的痛苦相生相伴，没有相亲之爱，便不会有相离之苦，彼此走近又疏远的过程，才最令人心痛。

如今回望曾经，恨不能忘却其间种种事，将时间推回从前，一如初见时。

如果再回到从前，再也不要相亲相爱，秋风寂寥，团扇蒙尘，唯恨时光不能停留在初见那时，那时的天真，那时的心情，那时的彼此。

这首词以男女之情写友情，所以首两句便是在感慨，如果初见时不做深交，现在也不会如此悲伤。至于纳兰因何事而悲伤，“等闲”两句自然转接，直言人心易变。

时光的流逝，岁月的磨洗，或是其间的种种艰难坎坷，都不能成为分离的理由，只有变了的故心，才会让人与人之间的距离越拉越远。

“故人心”与“故心人”这对词用得非常巧妙。

“故人心”是指友人心，虽然“故人”有“古人”“死者”之意，但在诗词中，大部分都取用其“旧交、老友”之意。最耳熟能详的便是唐代李白的“故人西辞黄鹤楼”，或是唐代孟浩然的“故人具鸡黍，邀我至田家”等等。所以，“故人心”便是那颗曾与纳兰相知相惜、意气相投的至交之心。

而“故心人”意为“怀揣着一颗故心的人”，是纳兰自比，他一心念旧，始终未变，却遭遇轻易变了的故人心，怎能不受伤？

人心难测，曾经交好的朋友分道扬镳各不相干，或是转身交恶的例子也不少。但纳兰是重情义之人，更何况，面前的这位故人正在白齿红唇地指责着纳兰的不是。明明是他让故心轻易变化，却反过来说怀揣一颗故心的纳兰善变。

这两句势如流水，虽是化用谢朓诗句，却自然无痕，将自己遭遇背叛又反被埋怨、质疑的愤懑甚至是惊骇，写入字里行间。

如果说之前“初见”的含义不甚明确，读到这里便可知其所指。如果像初见时那样未曾深交，就不会有现在的彼此埋怨，甚至是互相推诿，岂不轻松自在，岁月安好。

下片中，纳兰全部用唐明皇与杨贵妃的故事，比喻自己与友人相知相亲，最终却只能相诀别的现状。

此四句当视为一体来解读，意思为“当年唐明皇与杨贵妃在长生殿立下盟誓，杨贵妃得唐明皇宠爱，即使到马嵬坡下，也终未有一丝怨恨。可是变了心的故人，却连那薄情的唐明皇都不如，至少唐明皇在那一日，真真切切地立下愿与杨玉环比翼双飞的誓言”。

七月七日为七夕佳节，是牛郎织女鹊桥相会之日，华清宫内，长生殿上，两人誓言立后，夜刚过半，寂静无人，骊山成了一皇一妃的二人世界。也正是因这份誓言以及其背后的无限宠爱，才让杨贵妃在马嵬坡前说出“妾诚负国恩，死无恨矣”这样无怨无悔的话。

对杨贵妃来说，一生之中能得如此盛宠，也算是死而无憾。其后又更有唐明皇的日夜思念，甚至以雨打银铃之声作曲悼念，是三生有幸，终不悔矣！

但是，纳兰是在用杨贵妃的不怨不悔，表达自己与友人相交的不悔之情吗？恐怕不见得。

“何如”一词的含义很多，比如解作询问之意的“如何”“怎样”，或解作“何似”“何故”，还有一种解释是用反问的语气表示“胜过”或“不如”。在这首词中，“何如”便是这种反问中的“不如”。

当年，唐明皇赐死杨贵妃，在感情上，算是薄情寡义。但就是这样一个无情的皇帝，至少还曾有过“比翼连枝”的誓愿，在那个夜半无人共私语的七夕之夜，他的愿望是诚心实意的，正是因为有了这份情深意厚的盟誓，杨贵妃才得以无怨无悔。

而纳兰眼前这个变了心的故人呢？怕是没有过这样感天动地的可念之事吧。

未曾有誓，又如此薄情，教人如何原谅？遂作此词，以示决绝，从今以后，勿复见焉。

步韵词祭

木兰花令·步韵纳兰《拟古决绝词》

风流自古诚难见。何必怀忧悲画扇。
三千丈墨雪成丝，天寿山云黄未变。
南来春燕情惟半。塞上柳丝添晚怨。
无端只有扈从苦，来对心头长夙愿。

长相思·山一程

山一程①。水一程。身向榆关那畔行②。夜深千帐灯。

风一更。雪一更。聒碎乡心梦不成③。故园无此声④。

浅显注释

①程：路程，路途

②榆关：山海关，在今河北省秦皇岛东北。古称榆关，明代改称山海关。

③聒：读音 guō，声音嘈杂吵闹之意。

④故园：故乡，这里指北京，是纳兰出生与成长之地。

对章小赏

《长相思》，又名《双红豆》，是唐代教坊曲目。

这首《长相思》是纳兰相当著名的作品，大概是因为近现代学者王国维在《人间词话》第五十一节，论美学之“崇高”时提到了这首词。

“……‘山气日夕佳’‘落日照大旗’‘中天悬明月’‘大漠孤烟直，长河落日圆’，此种境界可谓千古壮观。求之于词，唯纳兰容若塞上之作，如《长相思》之‘夜深千帐灯’，《如梦令》之‘万帐穹庐人醉，星影摇摇欲坠’差近之。”

这里的“崇高”，或者“千古壮观”，指的是我们现在常说的壮美雄浑，不过，按照王国维的观点，纳兰是与之“近”，却不能算是真正的“千古壮观”。这种差异，是诗与词在体例上的不同造成的。诗歌常能有余韵悠长、浑厚壮阔之作，而小词多得低回婉转、珠玑清丽之誉，即使是长调，其美也多在长短句之错落相应上，难敌诗歌之大气，是为“诗壮阔词工巧”。

康熙二十一年（1682年）二月十五日，纳兰跟随康熙皇帝从关内出发，到永陵[1]、福陵[2]、昭陵[3]祭祖，二十三日出山海关，其间写下这首词，并作《山海关》一诗。

词分上下两片，上片写“外环境”，下片写“内心情”。

首两句“山一程，水一程”，极言旅程的漫长与艰辛，山水重复，连绵不绝。这里的两个“一程”，并非先过山后涉水，或是先临水后绕山，而是山水相叠，山山水水之意。纳兰跟着康熙的队伍，“山一程，水一程”地跋涉，这是他在细数路程，好不容易盼得这一程结束，紧接着又是下一程。

走过一座座山，渡过一道道水，他们正向着关外行进。

从京城或关内看，关外便是“那畔”，关于这个词，在卷一《浣溪沙·身向云山那畔行》中曾简要地提到过。“那畔”总给人以遥远、陌生之感，关键就在一个“那”字上。

纳兰口中的“那”，是有距离的，不只是路程上的空间距离，也有掺杂着陌生与排斥的心理距离。“那畔”，是置身事外的语气，也隐隐透出了对关外的一丝漠不关心。

事实也正是如此，虽然清朝发源于关外，但在清顺治元年（1644年），清军便已入关。纳兰生于1655年，其时清军已入主关内十余年，纳兰从小在京城长大，与关外再无瓜葛。

---

[1]永陵：清王朝祖陵，在今辽宁省新宾满族自治县附近，是太祖努尔哈赤远祖陵园，葬有其远祖、曾祖、祖父、父亲几辈，始建于明万历年间。

[2]福陵：清太祖努尔哈赤陵墓，在今辽宁省沈阳市东郊，又称“东陵”。后妃叶赫那拉氏、博尔济吉特氏等人亦葬于此处。

[3]昭陵：清太宗皇太极及孝端文皇后博尔济吉特氏陵墓，在今辽宁省沈阳市，在古城以北，亦称“北陵”。

此次出关，是顺从皇命，参加祭祖活动，对纳兰来说，关外那畔的土地，是陌生而冰冷的。正是抱着这样的心情，这一路行来，才会让他感到无比漫长而艰难，仿佛每一步都是拖着步子向前走。他步履沉重地蹭过一程山傍水，却还有一程水绕山。

夜深时分，众人都在帐中休息，灯火在帐外摇摆，点亮了一个个帐篷。

“千帐灯”，是描述帐篷之多，夜景之盛。史载康熙的这次东巡，携三位后妃及太子胤礽，共约七万人同行。由此可见，这里的“千帐”并不是夸张写法，事实上，营地应该不止千余帐，而是数千帐。

如此声势浩大的夜景，应是绵延数里的。从画面上看，这似乎是一个远景描写，纳兰应是站在远处或高处，才能看到这样的景象。

不过，文人的世界并不需要这般用力，他只要走到自己帐外，看到四下帐篷都灯火通明，便能生出“帐帐明灯”的感慨。

“千帐灯”一说，可以有两种解释：一种是帐外的灯或火把、火盆，在外面起到帐与帐之间照明的作用；一种是帐内灯火，映照在帐篷外壁，仿佛将帐篷点亮一般。不过，这首词写于二月冬末，此时野宿，应是用毛毡一类挡风的材质搭帐，再以棉或毡帘将门挡住。有避寒作用的厚重毡布，是无论如何都不会透光的，那种仙境般的明帐，大概只能是青纱帐才能实现。所以这首词中的“千帐灯”，应指帐外之灯。

千盏明灯，在寒冷的夜色中既温暖又壮美，却也让纳兰深深体会到自己的渺小，他只不过是“千帐灯”中的一盏，康熙座下万众中的一人。所以“千帐灯”既是在写队伍的浩大，也是在写深夜野宿的寂寥。因为夜深，众人已成眠，帐外只有灯，却无人影，而此时纳兰独醒。

下片“内心情”，写纳兰长夜独醒的心情。

“故园南望路漫漫，今宵无眠。”走过了漫长的山水路程，接下来要面对的，便是长夜漫漫无心睡眠了。

纳兰并没有直言难眠、无眠，而是再次用了计数的方式。

“风一更，雪一更”，与之前的山水一程相似，这里“一更”也并非是“三更刮风四更落雪”，而是整整一夜都风雪交加，持续了一更又一更。

纳兰用数夜更点明了自己一夜未眠，而这一夜未眠的原因，却不说思乡，而怪那风雪声太吵。

“聒碎”一句，是说风雪搅碎了他的梦境。从“成”字中我们可以看出，纳兰是希望自己睡下的，正因为怀着一颗乡心，才盼望着好梦一场，盼望着梦境能将自己带回家乡，哪怕只是片刻也好。“不成”一词，是未达成的意思，细品之下，有希望落空之感。

为何“风雪”能“聒碎乡心”，纳兰在最后一句作了答。那是因为他的故乡——遥远的京城没有这样凄切的声音。山海关风疾冬寒，而京城向来气候温和，再加上楼阁门院众多，自然不会有如此风雪声。

因为这不熟悉的声响，纳兰无法沉入思乡的梦境，甚至搅得他连思乡的心情都没有了。

思念最是睹物浓，遇到相似、相近的场景，更易勾起人们的思念之情。但陌生的环境，陌生的风雪声，让纳兰根本无法酝酿和体味思乡之情，而完全迷失在风雪之间，只感到天地寂寥，人生漫漫。

步韵词祭

长相思·步韵纳兰《山一程》

盼归程。登归程。一样风沙两样行。繁星点点灯。
歌五更。梦五更。遥见风吹好事成。小楼有雀声。

遐方怨·欹角枕

欹角枕[①]，掩红窗。梦到江南，伊家博山沉水香[②]。

浣裙归晚坐思量[③]。轻烟笼浅黛[④]，月茫茫。

浅显注释

①欹角枕：斜靠在枕头上。欹，读音qī，通“攲”，倾斜之意。角枕，角制或用角装饰的枕头。

②博山：博山炉，香炉名，以盖上造型与海上博山相似而得名，是一种高档香炉，据《西京杂记》载，长安有巧匠能为九层博山香炉，极为精美。沉水香：即沉香，又称水沉，一种香料。

③浣裙：一作“湔裙”，湔，读音jiān，清洗之意。古代有上元日（正月十五）至月底女子洗衣于水滨祓除不祥的习俗。又有称时间是上巳节（三月初三），想元日天寒，上巳大约更为可信。

④浅黛：用螺黛画得很轻的眉毛，古人有“远山眉”，言眉色如远山，故黛色也指代远山色。

对章小赏

《遐方怨》是唐代教坊曲目。此调有两种体例，单调始于晚唐温庭筠，双调则始于五代时顾敻、孙光宪，词牌只在五代时编纂的《花间集》中出现，宋代无人填此词。

这首词为单调，从“梦到江南”一句猜测，此词可能是写给沈宛的。

沈宛是浙江乌程人，著有《选梦词》。有说其“适纳兰性德”，“适”是女子嫁人之意，但正史中她却连妾的名分都没有。后世猜测，碍于沈宛的身份，她根本没有入明珠府，而纳兰也没能给她任何名分，换言之，她可能只是纳兰的情人。

据传说，沈宛是由顾贞观推荐给纳兰的，也有说是纳兰在江南的其他友人推荐的。沈宛与纳兰因词结缘，后沈宛回到江南，待她再次回京想与纳兰相会时，纳兰却被康熙派到江南，二人失之交臂。在与沈宛分别五个月后，纳兰逝。

这首词可能是写于纳兰与沈宛分别之后，风格清淡优美，仿佛是江南女子轻轻走来，生怕惊醒梦中之人。

斜靠着枕头，将窗户掩好，将外面的风隔住，之后好梦一场，梦见江南的她。

“角枕”和“红窗”都是在说物品的精美，其中“角枕”一词颇多歧义，将在后面简要说明。

“伊家”句，用《乐府诗集·杨叛儿》中“欢作沉水香，侬作博山炉”一句。“欢”是指所爱之人。他是名贵的沉水香，她是最好的博山炉，以香入炉，以炉焚香……这是民歌中才会出现的男女之欢，形象而直接。

所以，在纳兰的这首词中，“伊家博山沉水香”从字面上看，可以理解为沈宛盘绕着香气的闺房，但从典故上说，便是男女欢好之意，可以理解为美好的时光。角枕上，红窗里，一帘春梦向江南。

梦中有博山炉与沉水香，那么，现实中的江南呢？

接下来是纳兰的想象，他思念，沈宛未尝不在思念，于是浣洗衣裙回来后，她在晚间的时光里静坐。虽是想象，却没有丝毫的夸张，只是将女子似有心事的样子描摹出来，而此时，月色茫茫，远山被轻烟笼罩，似梦似幻。

末两句的景色，虽然解作实景也未尝不可，但联系上文，应该还是想象中的景象。也就是说，从“梦到江南”之后，这首词所写便都是梦中的江南，这不仅为词中意境增添了朦胧之美，还让整首词沉浸在一种淡淡的忧伤中，仿佛是梦中的一声叹息，悠远绵长。

最后，再回过头来说一下“角枕”。

“角枕”在这里被当作精美之物，这种枕头最早现于《诗·唐风·葛生》，其中有“角枕粲兮，锦衾烂兮”。

但事实上，《周礼》卷六《玉府》中记载：“王……大丧，共含玉，复衣裳，角枕，角柶。”注云：“角枕，以枕尸，郑司农云‘复招魂也’。”据说人死后“魂气上归于天，形魄仍在，欲招取其魂复于魄内”。

由此可见，角枕是天子大丧时用来枕尸招魂的，后来则演变为由天子赐给国之功臣丧时使用。另，《葛生》中所言“锦衾”，在丧礼时用于裹尸，也是只能为天子所用，同角枕一样，也可赐给功臣。

不过，宋代卫湜在《礼记集说》卷六十七中提出：“夫冠、婚，人道之大。先王欲重其礼……故始冠而用舜弁，其犹始婚而用角枕欤。《诗》曰‘角枕粲兮’，盖言新婚者也，而《周官·玉府》于王之丧则共角枕，此所以知先王欲重其礼。”

这段话是在说，古代重礼，而成年、结婚都是大事，先王欲体现重礼，同意自己专用的角枕在百姓结婚时使用。

大婚是喜事，于是角枕便慢慢成为美好事物，演变成对枕头的修辞，就像“金井”“玉阶”一样。

不过，卫湜的这个说法可信度非常低。王为重礼，又重视婚嫁，故以自己丧葬所用招魂枕为百姓婚枕，以墓葬之物入欢喜之堂，添阴晦之气，怎能说是重礼呢？这大约是卫湜的望文附会罢了。

而后世以“角枕”为美物，大约是沿用了卫湜的这个观点，尤其是在这首词中，以“角枕”对“红窗”，精美喜庆，却是大大的讹传。

步韵词祭

遐方怨·步韵纳兰《欹角枕》

秋雨夜，小轩窗。冷冽寒风，旧衣罗衫难有香。

暮春花落费思量。梦回红烛灭，月茫茫。

好事近·帘外五更风

帘外五更风[1]，消受晓寒时节[2]。刚剩秋衾一半[3]，拥透帘残月[4]。

争教清泪不成冰[5]，好处便轻别。拟把伤离情绪，待晓寒重说。

浅显注释

①帘外五更风：套用宋代无名氏《浪淘沙》中“帘外五更风，吹梦无踪”句。

②消受：忍受。

③衾：被子。

④残月：残败之月，是每月下旬出现的蛾眉月的别称。下弦月之后为蛾眉月，再之后转入下月，月成新月。

⑤争：怎么。

对章小赏

《好事近》，又名《钓船笛》，上下两片，仄韵，以入声为宜。

按照一般看法，这首词可能作于纳兰与妻子小别后，词中伤感与凄婉之情尤重。

“帘外五更风”，是套用成句，但其贴合程度很高。这大概是因为，古人本就偏爱在诗词中写帘，比如珠帘、玉帘、宝帘、画帘、绣帘、风帘、轻帘、薄帘、重帘、水晶帘……种类缤纷，而且尤以宋词中为多。那么，为什么有这么多帘？

首先，精美的帘子多在女子闺房画楼，而女子常居于室，足不出户，所以帘子就成了闺情诗词中常见的物品，甚至在一些描写边塞的诗词中，也用帘子来指代闺中的女子。

其次，房屋的组成部分中，门窗都很难随风而动，只有帘子可以。可以想象，闲愁之人坐于房中，看着帘子不断被风拨弄，似有情却无情，能将所有的心事付于其上。

再次，古诗词以意象为美，既要精练，又求含蓄，很多时候会用相关的物象来代替，比如前文《一络索·野火拂云微绿》中的“雁翅”。而帘子通常与“风”相伴，除了“垂帘”和“卷帘”之类用法，几乎绝大部分帘都是为了表现风。

而诗词多写风月事，帘自然成了不可或缺的部分。

在这首词中，五更风在帘外，其实也是在心里。又是一夜无眠，五更时分，外面的风携着破晓的寒意吹动门帘，吹进房间。风大约已刮了一夜，但破晓时分的风却最寒冷，也最寂寞。

消受本有两种解释，一是享受，比如“无福消受”，二是忍受。在这首词里，应该作“忍受”解。

破晓时的寒冷以及只剩一人在卧的被衾，异常清冷。除了这床无人共眠的被子，还有天上的一弯残月，从薄薄的帘外露出窄窄的身影。

衾是被子，但“秋衾”并非能直接解作“秋天的被子”，这里的“秋”是秋寒之意，“秋衾”是染了秋寒的被子。秋冬季节天气寒冷，人卧于被中，被会变暖，若离开片刻，被会变寒凉，唐代白居易《长恨歌》中“翡翠衾寒谁与共”，说的就是唐明皇因无人共眠而床榻寒冷。

纳兰与妻子暂别，却还盖着平时两人共枕时的双人被，必然是一边温暖一边冰冷，是为“秋衾一半”。

残月即月末仅剩的残败月亮，黎明前从东方升起，破晓时便可得见。“秋衾”已是寒凉难耐，再加上帘外的一弯残月，可谓是冰冷刺骨、凄凉至极。

上片极言离别之苦，笔墨颇重，将孤枕难眠的寂寞清冷尽数写出，是写景状物，也是哀叹抒怀。

下片写思念与等待，用词简单，却将心思自然流露，虽然朴素，但动情之处难掩一腔热忱。以其真彰其美，是为大家风范。

下片首句“争教清泪不成冰”，尤其情真。两行清泪何不凝结成冰，是反问，也是哀叹。

这一句含三层意思。

清泪将成冰，是极言冷，这种冷并非是“晓寒风冷”，而是从内心向外的冷，再加上破晓的寒意，内外交迫，两相折磨，心已寒透，身更冰冷，是为清泪可成冰，其言夸张而其意萧索。

清泪不成冰，是气恨之言，但纳兰为何要盼清泪成冰？是因眼泪温热，人冷心寒，伤怀至极，眼泪却是热的，怎能让纳兰不感到愤恼？

恨泪不成冰，还可以有另外一种解释，便是因其双眼清泪如注，无法收控，才会愿清泪成冰，才会恼问其为何不成冰。泪成冰，便可阻断其奔流，让泪水有片刻停歇。

接下来一句，才是纳兰悲伤的原因。

“好处便轻别”，正是两情相悦时，只盼朝朝暮暮，却在这时走得匆忙仓促，将别离轻易地摆在两人面前。这种“花正红时寒霜落”的变化，哪怕只是小别，也令人难以接受、无法忍耐。

这首词的最后两句，是辨别本词为叹乍别而非悼亡作品的关键所在。

在经历了这样一番身体与精神的双重折磨之后，纳兰多少平静下来，他开始整理自己的伤感情绪，打算将这次别离的痛苦心情，留到与妻子重逢后，伴着破晓时分一样的寒冷，一一倾诉。

到那时，他便不再是“秋衾一半晓寒侵”，孤身一人对着残月冷风。

写到这里，纳兰将他对妻子的思念推向了更高的层面，不单是为她的“轻别离”而寂寞孤苦，更是一心盼望她回来，向她倾诉别离之苦。

“重说”从字面上看，可以理解为“下一次晓寒时分”或是“再一次向妻子诉说”。事实上，这里的“重说”只是“重提”之意，并不见得是“重复说”。

纳兰此语是要将心事、情绪一一收好，等到下一个如此冷冽的清晨，当爱妻卧在枕畔时，将这首词中的思念与凄凉，向她淋漓展现。

从妻子不在身边，写到他们的重逢，此篇是写相思，又不拘于相思，而是将思念跨过时光，写入下一个枕席相亲的夜晚与清晨，是为美，更可见其对爱妻用情至深，而词牌《好事近》，也在不经意间，泄露了纳兰对重逢的满心期待与一腔欢愉。

步韵词祭

好事近·步韵纳兰《帘外五更风》

烟灭小香炉，又是寂寥时节。夜半落花残酒，恨团圆秋月。

明朝更鼓莫催魂，梦里话轻别。好似去年情在，竟向何人说。

山花子·林下荒苔道韫家

林下荒苔道韫家①。生怜玉骨委尘沙②。愁向风前无处说，数归鸦。

半世浮萍随逝水，一宵冷雨葬名花。魂似柳绵吹欲碎，绕天涯③。

浅显注释

①林下：林下之风，比喻人有“竹林七贤”那样的风采。这个典故是指东晋女诗人谢道韫。南朝时刘义庆《世说新语·贤媛》中记载了时人对谢道韫的评价，称“王夫人神情散朗，故有林下风气”。谢道韫为谢安侄女，嫁与王羲之次子凝之，是为王夫人。

②生怜：可怜，即生出怜惜之意。

③魂似柳绵吹欲碎，绕天涯：疑化用五代时顾敻《虞美人》中“教人魂梦逐杨花，绕天涯”。

对章小赏

《山花子》，又名《摊破浣溪沙》，是《浣溪沙》词牌的变格，上下片各增三字，韵全同。

这首词有人认为是悼亡之作，有人认为是咏物词，但翻遍字句，也看不出所咏何物，倒是叹息红颜薄命、盛年不在的感慨更多。由此看来，这很可能是一首悼亡之作，而且，是以才女谢道韫比喻自己的亡妻。

上片从谢家写起。

“林下”是实景，也是典故，谢道韫被誉有“林下之风”，其家也在林下。曾经人丁兴旺的门庭，如今只剩下荒苔。

“荒苔”与青苔不同，青苔虽寂寥，但仍有生意，比如唐代刘禹锡《陋室铭》中“苔痕上阶绿，草色入帘青”，没有往来的宾客，所以青苔满阶，绿草长杂，但因这陋室有人居住，反而显出勃勃生机。而谢道韫家却是连这一丝青翠的苔痕都没有。“荒苔”未必是枯萎，而是植被贫瘠、了无生气之意。

如此败落，是因斯人已逝，“玉骨”是极言女子美好，古人常用“玉”来形容佳人，比如“玉容”“玉面”“冰清玉洁”“怜香惜玉”“香消玉殒”。

“玉骨委尘沙”，再美好的人，也只能与尘土和沙石为伴，这是叹其可惜，更是以谢道韫叹亡妻之逝。“委”有委顿、颓然之意，在这句话中，还暗含着悲伤，因为玉骨终会在漫长的时光中化为尘埃。

“愁向风前无处说，数归鸦”二句是纳兰在说自己，一腔愁苦，无人倾诉，只有长风相伴，也不能告与长风，只能仰头数着晚归的乌鸦。

愁向风前，其实是人在风中，风、愁、黄昏归鸦，极易令人想起元代马致远《天净沙·秋思》中对凄凉黄昏的经典描述：“枯藤老树昏鸦，小桥流水人家，古道西风瘦马。夕阳西下，断肠人在天涯。”

到了这首词中，则是“林下荒苔人家，风送晚归昏鸦”。马致远是浪游之悲，纳兰却是悼亡之哀，可以说是一种景色，两样哀伤。

接下来转入下片，首两句对仗，又是互文，皆指女子早逝。

“半世”“一宵”说的是生年短暂，“浮萍”“名花”指亡妻，“逝水”“冷雨”则是时光的流转与命数的变故。“浮萍随逝水”是身不由己，“冷雨葬名花”则是横生变数，既说亡妻无法像约定的那样与他厮守终生，也在说着命运的残酷与不可预知。

这组对句唯美地道出了纳兰心中对妻子的不舍与怀念，“浮萍”令人怅然惋惜，“冷雨”教人扼腕神伤，而最后两句更是写出“逝者不可追，唯有往昔在”的悲凉心绪。

“魂似柳绵”再用谢道韫典故，柳绵即柳絮，谢道韫素来被人冠以“柳絮才”“咏絮才”之名。《世说新语笺疏·咏雪》中载：

> 谢太傅寒雪日，内集与儿女讲论文义。俄而雪骤，公欣然曰：“白雪纷纷何所似？”兄子胡儿曰：“撒盐空中差可拟。”兄女曰：“未若柳絮因风起。”公大笑乐。即公大兄无奕女，左将军王凝之妻也。

其大意为：谢安在一个寒冷的雪天将晚辈找到一起小聚，为他们讲解诗文。不久雪骤然而下，谢安问众晚辈纷纷白雪像什么，他哥哥的儿子说差不多像在空中撒一把盐，哥哥的女儿说不如说是像柳絮一样被风吹起。谢安开怀大笑。这个女子便是长兄之女、王凝之之妻谢道韫。

说亡妻香魂如柳絮一般，既是形容她生前的温婉可人，又是以谢道韫之事比亡妻之才，同时，也道出了她的脆弱易逝，就连风吹一下，都要被吹得碎裂。

“柳绵吹欲碎”一说是非常有生活的，柳絮体轻，蓬软稀松，稍一用力便会裂开，四散飞去，犹如逝者魂魄，在风中烟消云散。

最后三字“绕天涯”，可以说是悼亡作品意境的较高层次。

首先，魂之缥缈。此三字从字面上看，是指亡妻的魂魄如柳絮一般，随风远飞，徘徊天涯，缥缈而终不可寻。在这层意思上，魂入天涯与前文的“浮萍”是同样寓意。

其次，“绕”字之妙。“绕”为动词，与“向”“在”等字不同，赋予亡妻之魂以主观意愿，为它注入了生命力。

“绕”有“缠绕”“萦绕”或“绕远”之意，在纳兰看来，亡妻之魂并非横冲直撞地直飞，而是以环绕或萦绕的美好方式，慢慢散入天涯的。如果以“绕远”之意来解，便是亡妻之魂因为不舍，而在山水间盘绕，久不愿离去。

最后，望断天涯。从纳兰的角度来说，爱妻亡故，心伤三寸，眼看浮萍逝水冷雨葬花，红颜留不住，欢笑难再得，纳兰怎能不想将她永远留在身边？可是，他却只能将她留在心里。

但是，魂绕天涯，是纳兰所能想到的最好的陪伴。天涯固远，而魂入清风，无处不在，无论他行到哪里，无论他征程何处，她的香魂都会与他相依相伴，行走天涯人生路。

步韵词祭

山花子·步韵纳兰《林下荒苔道韫家》

又到鸳鸯细柳家。无边春水断平沙。云镜遥闻夕阳事，有新鸦。

梦断鱼乡长桨落，江南丝雨半含花。唯有画船清蚁酒，在天涯。

菩萨蛮·朔风吹散三更雪

朔风吹散三更雪①。倩魂犹恋桃花月②。
梦好莫催醒。由他好处行。

无端听画角③。枕畔红冰薄④。
塞马一声嘶。残星拂大旗。

浅显注释

①朔风：冬天的风，因冬天常见北风，所以也常被用来指北风。

②桃花月：桃花盛开时的月亮。唐代温庭筠《郭处士击瓯歌》中有“罗屏半掩桃花月”。

③无端：没有理由，平白无故。　画角：古代乐器，外加彩绘，故称画角。古时军中多用以警昏晓。宋代辛弃疾《破阵子·为陈同甫赋壮词以寄之》中有“梦回吹角连营”，便是此角。

④红冰：泪水结成的冰。这是杨贵妃的典故，《开元天宝遗事》中载：“贵妃初承恩召，与父母相别，泣涕登车。时天寒，泪结为红冰凝。”

对章小赏

《菩萨蛮》，又名《子夜歌》《重叠金》，唐时教坊曲目。其调原为外来舞曲。分上下两片，各有两仄韵，两平韵，平仄交互，声调由紧促转低沉，历来名作最多。

这首词疑作于康熙二十一年（1682年），其时，纳兰奉旨到觇梭龙侦察，应该是途中所作。

在这首词中，纳兰以记梦的方式，描摹和表达了自己的离愁别恨。从表面上看，整篇以戍边将士的思念之情为主题。虽然在兵营，却不写战争，只写相思，但是，这种相思，在转眼征人成枯骨的战场上，却显得无比奢侈，引人无限伤感。

词中上片首句便是风雪一片，塞上恶劣的天气扑面而来。

北风烟雪，夜半寒意浓。三更是半夜，此时落雪已经很冷，却又有劲风袭来。“吹散”是说北风大且疾，将漫天飞雪掀翻吹走，可见这场风比雪还要冷。

外面北风吹雪，帐里梦境深沉，梦中的女子在桃花下恋着月色。“倩魂”指代女子，有人将“倩魂”解作指代做梦的将士，而将“桃花月”解作命中有桃花的月份，进而引申为男女相伴的快乐时光，似乎显得含义过深。事实上，将这一句简单地看作梦中的画面便好。

在寒冷的边塞，梦中的女子依旧惦念着在桃花和月色下相依相伴的时光。

上片的前两句虽然写出梦中景象，却并没有提到“梦”，只用了一个“魂”，来说明女子与桃花的不真实，一实一虚，一冷一暖，比塞上的天空还要开阔。

到了上片的后两句，才直言此景是梦。梦境美好，切莫唤醒发梦之人，就让他在梦境里体会欢愉，一解相思之苦。

古时没有“它”字，也没有“她”字，这些是后来白话文中生出的字眼，所以上片最后一句中的“他”字，并非指发梦之人，而是指“梦”，是承接了上一句的“梦好”，才有了后面的“由他好处行”。

“好处行”，其实是“向好处行”。所以此句是说让梦越发美好。而人在梦中行向更美好的梦境，是这一句的引申意思。

虽然说春宵短暂，不忍惊醒，但毕竟是在边塞兵营，几经风雪的画角声怎会怜惜桃红色的美梦？好梦将近，急转下片梦醒时分。

下片首句，“无端”解作没有理由，不如说是没有准备，有无辜、无奈之意。明明正沉浸在好梦里，忽然听到了报晓的画角声，猛然惊醒，倩影不再，枕边只有轻薄泪痕，在冰冷的空气里结成冰。

这里用杨贵妃典故，当初杨玉环被纳入宫中时，悲伤啼哭，因天寒，泪水结为红冰。能结成红冰，并非杨贵妃哭红了眼，而是因为脸上胭脂将泪水染成红色。“红冰”用在这里，并非指代女子眼泪，而是引申为因思念女子而流下的眼泪。

一场好梦就此无影无踪，接下来，又回到兵营中。破晓时分，万物苏醒，但冬季的塞上，除了人与马，并无他物。人已醒，马嘶一声，仿佛在呼唤天明。

“一声嘶”，说明只有一匹马，可能是这名梦回香阁的将士的马，感知了主人的悲伤，嘶鸣回应。也可能只是军营中的一匹不相干的马，恰好在画角吹响后嘶鸣一声，就像我们的主人公在画角声中惊醒，擦拭着眼角结冰的泪痕。

一切都如此契合，却又孤独得可怕，寒冷的塞外，偌大的兵营，只有一人一马遥相呼应。外面雪尽风轻，军旗轻扬，飞向破晓前的满天残星。

“残星拂大旗”一句遣词非常精妙，大旗可动，残星静止，纳兰却说星拂旗。这是一个特定的视角。首先，这不是一面普通的军旗，而是大旗，除了大，还很高。人立于旗下仰望时，星空在上，旗在中间，人在最下。旗面随风轻动，忽而遮住星星，忽而露出星星，反复如此，就仿佛星空垂下手臂，在轻拂旗面，既是实写，也是拟人与想象。

这首词在梦境和现实中来回穿梭，先写天气恶劣，用强烈的对比来衬托梦境的温暖、美妙，之后笔上一松，节奏放缓，仿佛是因怜悯与疼惜，打算给甜睡的将士多些时间，让他在梦中多停留片刻。由温暖的梦境，转入温暖的愿望。

但是，下片的温度却急转直下，画角声中眼泪成薄冰，眼前哪还有女子的倩影，只剩下马嘶、残星、大旗，以及塞上的孤冷肃杀。

冷与暖，桃花与红冰，倩魂与马嘶，一切都在梦境与现实之间拉扯，令人读之辗转叹惋。而朔风、画角、残星和大旗，才是这场战争最后的赢家，它们成功地击碎了故园的梦境，将我们重新拉回那个北风呼啸、千里萧瑟、凄冷寂寥的边塞营中。

步韵词祭

菩萨蛮·步韵纳兰《朔风吹散三更雪》

朔风吹断天山雪。征人梦里江门月。小醉不堪醒。茕茕魂独行。

寒声催画角。路远乡情薄。沙场马曾嘶。金光翻冻旗。

菩萨蛮·问君何事轻离别

问君何事轻离别。一年能几团圆月。杨柳乍如丝。故园春尽时[1]。

春归归不得。两桨松花隔[2]。旧事逐寒潮[3]。啼鹃恨未消[4]。

浅显注释

①杨柳乍如丝，故园春尽时：化用唐代温庭筠《菩萨蛮》中“杨柳又如丝，驿桥春雨时”。

②松花：即松花江，黑龙江最大的支流。

③旧事：往事。

④啼鹃：鹃，子规，又名杜鹃。用“杜鹃啼血”典故，传说古蜀国灭亡，其君主杜宇死后化为杜鹃，声声啼血。

对章小赏

这首词作于康熙二十一年（1682年）春，当时，纳兰以侍卫身份随康熙出山海关，到清朝发祥地长白山祭祀、巡视。这首词的创作时间，在上文《长相思·山一程》之后，从“松花”一词可以推断，当时纳兰已经到达松花江流域，而这里正是纳兰祖先叶赫部的发源地。

这是一首写思归心情的小词。

上片首两句一问一答，将自己不忍离别的情绪引出。“轻离别”，轻易别离，唐代白居易《琵琶行》中有“商人重利轻别离”之句。“轻”是形容词作动词用，意为“使别离变得很轻”。如此轻易地别离，不顾聚少离多。“团圆月”，字面意思为满月，但在这里引申为合家团圆之意。一年之中，相聚的日子本已不多，此番又因事别离，怎教人不伤怀？

“杨柳”句写实景，春季的杨柳枝，已经发出新芽，在风中轻拂，但在这个时间，故乡京城的春天已经结束。

康熙东巡，其实是向东北方向行进。关外气候寒冷，与京城相比春时较晚，京城的春天已经流尽，吉林一带的杨柳才绿。此两句除了对比关外与家乡的不同，更是在渲染关外的荒凉之景。京城春意盎然，花事热闹，而此地却春寒清冷，唯有柳枝。这是以景物抒乡情，也是因景物惹乡情。

下片逐春而起，过渡流畅。“春归”便是故园春尽，春意已回家，而纳兰却无法回家，是为“春归行人归不得”。“松花隔”是指归途被松花江水隔阻，“两桨松花”既是实写乘船漂流在松花江上，也是用“两桨”指江水，与“松花”连用，指松花江。此外，需要注意的是，“两桨”并非是只有两支船桨，而是指两侧船桨。

既有江水，便有“寒潮”，下片末两句，从眼前的松花江水，转入怀古的情绪中。

上文已经提到关外春晚，所以江水寒，是为“寒潮”。在这里，“寒潮”也指寒冷悲凉的心情。“旧事逐寒潮。啼鹃恨未消。”两句连读，是指“旧事”“啼鹃恨”都像眼前冰冷的水流一样，日夜奔流不息。

这里的旧事，是纳兰祖先事，细数起来，是纳兰的曾祖父叶赫贝勒金台吉与康熙皇帝曾祖父努尔哈赤的一段往事。

清朝崛起于关外，女真部落在关外时分为建州女真、海西女真、野人女真三部，努尔哈赤属于建州女真部，他先统一建州女真部，又开始着手统一女真各部。当时的叶赫部在海西女真四部中实力最强。叶赫那拉部族当时归附于明朝，因而成为爱新觉罗部族首领努尔哈赤夺取天下的强劲对手。

叶赫城分为珊延府城、东城和西城三城，东城贝勒为纳林布禄，西城贝勒为布寨。

纳林布禄与金台吉是兄弟，其父在世时，将他们的妹妹许配给努尔哈赤为皇后，为皇太极之母。这桩婚事在纳林布禄任贝勒其间完成。其后纳林布禄倚仗联姻关系，向建州部讨要土地，未果，转而联合九部联军征讨建州女真，遭努尔哈赤反击，纳林布禄兵败逃回叶赫城。西城贝勒布寨身亡，叶赫部求其尸首安葬，努尔哈赤将其斩成两半，一半送回叶赫，故结怨。

后纳林布禄病逝，其弟金台吉即贝勒位，为东城贝勒，布寨之子布扬古为西城贝勒。布扬古欲以其妹，也就是女真美人东哥，与努尔哈赤联姻，换取布寨尸体。婚约已成，布扬古却出尔反尔，最终将东哥嫁给蒙古贝勒之子。

叶赫部在政治上多次与努尔哈赤立下盟约，又不断背盟，两部积怨愈深。

1619 年，努尔哈赤挥师叶赫城，叶赫军退守城内，金台吉与布扬古分守东、西二城。皇太极出面劝降，金台吉不肯，后努尔哈赤攻陷城池，将其缢杀。布扬古见东城陷落，开城投降，虽与努尔哈赤次子代善立盟请求不杀，但最终还是被努尔哈赤缢杀。叶赫部灭。

金台吉之子尼雅哈率叶赫部投降，尼雅哈之子即纳兰明珠——纳兰性德之父。

从金台吉、尼雅哈、纳兰明珠，再到纳兰，从努尔哈赤、皇太极、顺治，再到康熙，命运轮转，历史如此巧合。六十年前，努尔哈赤在松花江南不远的叶赫城缢杀金台吉；六十年后，其曾孙康熙携纳兰东巡，又经此地。

“啼鹃”便是杜鹃啼血，相传叶赫贝勒临死前曾发下诅咒：叶赫那拉氏就算只剩一个女人，也要向爱新觉罗氏讨回血债。此言不知其真伪，也不知是东西二城哪位贝勒所言，但他们的灭亡之恨却是众所周知。纳兰在这里用了杜宇的典故，同样的亡国之恨，词中的杜鹃便可以理解成是纳兰祖先魂魄所化，其恨也绵长，如松江寒水，怅流无休。

步韵词祭

菩萨蛮·步韵纳兰《问君何事轻离别》

人生自古伤离别。那堪酒醒今宵月。春雨润如丝。梦中相伴时。

魂牵常不得。唯见千帆隔。浪里断肠潮。夜寒犹未消。

昭君怨·深禁好春谁惜

深禁好春谁惜[①]。薄暮瑶阶伫立[②]。别院管弦声。不分明。

又是梨花欲谢。绣被春寒今夜。寂寞锁朱门。梦承恩[③]。

浅显注释

①深禁：深宫。

②瑶阶：指宫中台阶，多为石阶。

③承恩：被君王宠幸，承蒙恩典。

对章小赏

《昭君怨》，又名《宴西园》《一痕沙》，上下两片，全篇四词换韵，两仄两平交替。

宫怨是历代文人常写的主题，一人之宫，女子三千，绝大部分女子几乎从入宫那天起，便过上了寂寞无望的生活。高墙隔绝人世，寂寞冷清，空耗青春。

因宫中寂寞，自古以来就有“对食”之说。

“对食”最早源自汉朝，是指女同性恋。《汉书》注释中记载，因女子长期困于宫中，不得与异性接触，宫中女子自相以夫妇之名对食。

后来“对食”一词演变为宦官和宫女之间的关系。古时职位较低的宦官根本没有能力娶妻纳妾，而宫女闲居宫中无人陪伴，遂结成临时伴侣，以慰深宫寂寞，这种关系称为“对食”。从这个词来看，最初应是指宦官宫女在一起吃饭，并不含有共寝之意。

及至明代，宦官与宫女之间形成了更为固定的伴侣关系，财务共用，亲如一家，称为“菜户”，这种关系在明代很普遍，到了康熙年间，这种关系被严令禁止，太监与宫女之间的往来结识都会招致重罚。

同时，清代宫中实行改革，八旗女子只在日间轮流入宫服役，宫中女子数量减少，顺治十五年（1658 年），按照礼部的计算，宫中只有女官和宫女一百五十多人，其中多为宫役，而非妃嫔。

考虑到这样的历史环境，《饮水词笺校》中认为，纳兰此词并没有真实背景，只是单纯的拟古之作，这似乎也过于武断。宫中女子虽少，但并非只有一二，依旧有人去年欢喜今年愁，所以即使是宫人稀少的清代皇宫，也一样会有宫怨。

这首小词并不算华丽，却在流畅的词句中显出别样的优美，通篇皆是实景，却又无一不指代深宫女子，抒发冷清寂寥的宫怨之情。

首两句一问一答，将宫中女子的寂寞道出。

“深禁”是说所处之地隔绝于外，在皇宫的深处，“禁”为皇宫，皇宫已是宫苑深重，再以“深”领之，足见其深。既深，便注定寂寥无人。所以，院中的春色便也少人爱惜。

“谁惜”是问，后句便是回答。“薄暮瑶阶伫立”，春暮中，伫立阶上，看春色在暮景中渐渐暗淡。深禁好春，只有一人惜。春色是实景，也是指代美丽的女子。所以，此两句既是在哀伤春色寂寥，更是在表达女子内心的凄凉。

与这方庭院中春色和美人相对默然的情况相反，远远地传来管弦和鸣，却听不分明，只有缥缈隐约的声响，伴着暮色袭来。

上片后两句是与前面的对比。“不分明”是听不清楚的意思，听不清，是因为离得过于远，也就是说，主人公所处的院落，离欢声笑语的殿堂有很远的距离。“管弦声”既可以指代君主，也可以指君主与宠妃的宴乐。

同前两句“好春”的双重含义一样，“不分明”既是指实际距离，也是指被宠幸女子与深禁女子的距离。君王的恩宠于她而言，恰似这不分明的乐声，缥缈而陌生。

既然缥缈，按照常理来说，应该是很难听见的，但乐声还是传到了耳边，这是因为周围寂静无声，才能让远远的声音传来。乐声的不分明，从另一侧面道出了院落的冷寂。此院寂寥别院笑，春色无人惜，上片以凄清与欢宴相对比，更显出女子的寂寞。

下片从薄暮写向夜晚。

梨花谢时大约是四月，日间春意渐浓，夜晚略为寒凉。“梨花欲谢”既是时节，也是哀伤的心情，“绣被春寒今夜”是为倒装，句意为今夜只有绣被御春寒。

上片首两句中的“好春谁惜”是一人对一景，这里则是一人对一物，空房、春夜，外面春色正好梨花欲谢，在床榻上相伴的却只有一床被子。

“绣被”是精美之意，与“春寒”相对，更显幽清，再精美的被子，怕是也不如君王的宠幸教人欢愉。

所以在下片的最后，便出现了“梦承恩”一句。

美妙的乐声只在别院，夜色已经伴着春寒降临，院门想必是开了一天，却未曾有人来过，也不会有人来了。于是女子将门锁好，寂寞地回到房中，以梦得承恩。

这首词以春色无人问开篇，写女子孤寂，空房难守，只能在梦中想象和体会君王临幸时的美好。整篇的基调是静，但却有别院之声响起，更衬出死一般的寂静，如同女子死灰一般的心情。

步韵词祭

昭君怨·步韵纳兰《深禁好春谁惜》

老树春阴谁惜。长信广寒遥立。灯影伴歌声。又添明。

鹣鲽流光香谢。泪尽魂销永夜。碧落久无门。望天恩。

卷三

清平乐·上元月蚀①

瑶华映阙②。烘散蓂墀雪③。比拟寻常清景别④。第一团圆时节⑤。

影娥忽泛初弦⑥。分辉借与宫莲⑦。七宝修成合璧⑧，重轮岁岁中天⑨。

浅显注释

①上元：农历正月十五日，也称灯节、元宵节。卷二《眼儿媚·中元夜有感》中有关于上元、中元、下元的简释。

②瑶华：美玉。瑶，读音 yáo，亦是美玉之意。晋代葛洪《抱朴子·勖学》中有“故瑶华不琢，则耀夜之景不发”句。此处借指月亮。

③蓂墀：读音 míng chí，意为生有蓂荚的宫殿台阶。蓂，传说中的吉祥瑞草。墀，台阶上的空地，也可指台阶。《孙氏瑞应图》载，蓂是传说中生于唐尧时期的瑞草，亦称“历荚”，生于阶下。每月初一始生荚，一日一片，至月半月圆之日，共生十五荚。其后每日落一荚，月大则荚落尽，月小则留一荚[1]，焦而不落。

④清景：清光，指月光。三国曹植《公宴》中有“明月澄清景”句。

⑤第一团圆时节：一年当中的第一次月圆，从古至今，人们惯以满月喻团圆，称为团圆月，卷二《菩萨蛮·问君何事轻离别》中亦有此意象。

⑥影娥：影娥池，在汉代未央宫中，是汉武帝为赏月所开凿。《三辅黄图·未

[1]大小月：古时以月亮周期计算月份，大月三十天，小月二十九天，故大月可落尽十五片，小月剩下一片。

央宫》："影娥池，武帝凿以玩月。其旁起望鹄台，以眺月影入池中，亦曰眺蟾台。"另有载："汉武帝于望鹄台西建俯月台，台下穿池，月影入池中，使宫人乘舟弄月影，因名影娥池。" 初弦：在新月与上弦月之间，当为蛾眉月，其时月如弓弦。

⑦宫莲：莲花形宫灯，应是帝王仪仗之一。

⑧七宝：古代民间传说，月由七宝合成。唐代段成式《酉阳杂俎·天咫》中载："大和中，郑仁本表弟……常与一王秀才游嵩山……遂迷归路。将暮……忽觉丛中鼾睡声，披榛窥之，见一人布衣，甚洁白，枕一幞物，方眠熟。即呼之……其人笑曰：'君知月乃七宝合成乎？月势如丸，其影日烁其凸处也，常有八万二千户修之，予即一数。'"意为此人白衣，枕包裹，称月由七宝合成，月上阴影为太阳照在凸起（今称环形山）上落下的影子，而他是修补月亮之人。 合璧：两个半璧合而为一，成为圆形，称之为合璧，是为完整之意。半璧又称为璜，是半圆形的玉器。

⑨重轮：日月轮廓之外的光圈，是光线经云层或冰晶等折射而形成，古代以之为祥瑞之象。重，重复层叠之意。

对章小赏

《清平乐》，又名《忆萝月》《醉东风》，传说李白亦有四首《清平乐》，难证其真伪。

这首词写月食，而且是正月月圆之夜的月食。不过，纳兰这首词着重描述月食的过程，言语间并没有多少恐慌之意。与这首词同时写下的，还有《梅梢雪·元夜月蚀》，皆是康熙二十年（1681 年）所作。

自古以来，日食与月食就被视为不吉。太阳象征恩泽，月亮象征刑罚，所以日食时，国家便轻徭薄赋、赈济百姓，月食时则审视法度、翻查冤狱之情。另外，按照吉凶判定，月全食是国君之殃，十五食天下亡，冬食则国有兵丧。

事实上，在东汉时期，天文学家张衡就已经对月食做出了科学的解释。《灵宪》中有"月光于日之所照，魄生于日之所蔽；当日则光盈，就日则光尽也"。

在这里，张衡提出月不发光，是映照日光，所以才会产生月食。

不过，即使是这样，人们依旧将日食与月食视为不吉之兆。

上片先写上元日胜景。

首两句，月光照在宫阙上，洁白明亮，将台阶上的雪烘散。蓂墀是用蓂荚典故，将康熙比成贤主唐尧，极言其圣贤。首两句中，当属“烘”字最值得考量，“烘”的本意为以明火或炭火烘烤，那么，将一个热属性的字加在月色上，是何用意？

“烘”意为烘干，可以引申为“使……消失”。月光清冷，无法将雪融化，却能将台阶、地面映照得一片洁白，使雪的白相形见绌，隐入月色中，是为消失。所以，“烘散蓂墀雪”一句，并非是指月色让积雪消散，而是以此强调月光的白亮，能将积雪照得仿佛消失了一般。

后两句中，提出了这一夜的月色与平时不同，“清景”是清冷月光下的景色，在这首词中指代月色。因这一日是上元，也是一年之中月亮的第一次圆满，所以不光人间欢喜，连月亮也跟平时不同了。

上片四句，通过写月色白亮异常，将上元佳节的月亮推上了“第一”的位置。下片形势急转，开始写月食。

“影娥”是赏月池，在这首词中代表月亮。圆月忽然变成蛾眉月，“泛”是指发光，“泛初弦”便是只有蛾眉月那么宽的月色在发光。有人认为“初弦”是弦月，因“初”将其解作上弦月，似为牵强，初弦应是比弦月还要窄小的月亮。

无论第一团圆节的月亮有多特别，现在的它已经只剩下不到半边脸。纳兰和张衡不同，他在词中为月食找到了更有诗意的理由——“分辉借与宫莲”。

月亮变窄，月色变暗，是因为它将自己的光辉借给了皇帝的莲花宫灯。作为康熙的臣子，这是纳兰能给出的最完美的解释。月食并非凶兆，而是月亮想将自己的无瑕光辉送入宫阙，照耀帝王。可以说，在王权至上的封建社会，作为御前侍卫，在维护皇权的道路上，纳兰已经是走得很好了。

“分辉”句虽然经过拟人与想象等手法的修饰，但它其实还是有一定实际依据的。古时没有太大的夜间照明设施，即使是上元佳节，满城的灯光也不会照入天空，所以月食时，天光转暗，更显出灯火的明亮，是为月光入莲灯的景象。

月色再美，久困于人间灯火也不妥，还是早些回去的好，所以下片最后两句中，便有了“合璧”一说。

两块半圆的玉璧合成一块，便为合璧，是圆满、完整之意。“七宝修成”是用典故，传说月是由七宝组成，并有八万两千户人家负责修补，如今月食，定是修补之人未尽其能，所以这里才用了“修”字，是指月亮欲圆，要由人修补才可。

词的最后一句是实写，也是美好愿望。

月亮被修补完毕，月食结束，一轮圆月重回天上。“重轮”是为月亮之外有光晕，仿佛重叠在一起，是为吉祥。不知这里的“重轮”是不是实景，但“重轮岁岁中天”却必定是纳兰美好而诚挚的愿望，愿人世岁岁平安，愿明月岁岁中天，不复蚀焉。

这首词写出了上元节的热闹，以及月色的明亮皎洁，随之而来的月食也是写得清晰直观、富有诗意。虽然月食在当时并不是一件特别美好的事，但在纳兰的笔下，它已几近美好。

步韵词祭

清平乐·步韵纳兰《上元月蚀》

金雕宫阙。玉砌承飞雪。岁暮才知风景别。松鹤竟谁有节。

声成西掖清弦。重移半步花莲。有志何曾零落，濯尘侧帽青天。

清平乐·青陵蝶梦

青陵蝶梦①。倒挂怜么凤②。退粉收香情一种③。栖傍玉钗偷共。

愔愔镜阁飞蛾④。谁传锦字秋河⑤。莲子依然隐雾⑥，菱花暗惜横波⑦。

浅显注释

①青陵蝶梦：晋代干宝《搜神记》中载：“大夫韩凭妻美，宋康王夺之，凭自杀，妻将衣腐化，与王登台，自投台下，左右揽之，一触即化为蝶。”唐代李冗《独异志》载，宋康王夺韩凭妻，命韩凭筑青陵台，台成杀之，韩凭妻登台，跳下自尽。宋康王恨，将夫妻二人分葬两处，坟上生大树，枝条互错，终成连理。青陵台一事遂成典故。

②么凤：大约是鹦鹉的一种，身体小巧，毛黄绿色，和今天的虎皮鹦鹉相似。此说出自宋代苏轼《西江月》：“海仙时遣探芳丛，倒挂绿毛幺凤。”自注云：“岭南珍禽，有倒挂子，绿毛红嘴，如鹦鹉而小。”

③退粉：蝴蝶交尾后身上的粉末褪去。　收香：《名物通》记载：“倒挂，即绿毛么凤，性极驯，好集美人钗上。日闻好香，则收藏尾翼间，夜则张翼以放香。”此处是在暗示已有云雨之欢。

④愔愔：读音 yīn yīn，悄寂幽深。

⑤锦字：锦书，书信。　秋河：银河。

⑥莲子依然隐雾：化用《乐府·子夜歌》中“雾露隐芙蓉，见莲不分明”二句。莲子谐音“怜子”，向来是表达爱意的代名词。

⑦菱花：代指镜子。　　横波：女子神采顾盼的双眼。

对章小赏

这首词的寓意颇具争议，有人说是悼亡之作，也有人说是与爱人分离后的作品。虽然从欲寄书信的内容上看，这应该不是悼亡词，而是与爱人分别后的作品，但细读之下，却是两种解法都有可信性，不知该如何取舍。

上片起句用典，青陵台上蝴蝶梦，是韩凭之妻的梦，从这个典故来看，韩凭妻子的梦应该是与韩凭一世相守，生同床，死连理。按照这个解释，全篇首句意为愿像韩凭夫妻那般生死相依，引申为夫妻之间的和美生活。

第二句似是实写，古人喜养鹦鹉，教其言语，而鹦鹉确有倒挂的习惯，“幺”是小的意思，而且有爱怜呵护之意，比如幺妹，皆言排行最小的妹妹。

将日常可见的鹦鹉与“青陵蝶梦”写于一处，这大约是纳兰与妻妾或沈宛之间的生活写照，生活中有韩凭夫妻那般恩爱，又有宠物相随。

上片后两句是虚写男女欢爱之事。“退粉”与“收香”虽然是两种不同的意象，传达的内容却完全一样，是“一种情”。句中的“情一种”，是为男女之情，这一句与下句“栖傍玉钗偷共”要放在一起解，前面说的“情一种”，正紧挨着玉钗偷偷欢愉。

古代女子头饰烦琐，就寝时必须摘掉，所以此时的玉钗是放在梳妆台上的。此处是将玉钗拟人化，意为男女欢时，玉钗静卧一旁偷看，并与缠绵之情共欢，是情缠玉钗之意。有人将玉钗简单地解为女子，恐不妥，若解为女子，这首词便成了偷欢之作。

虽然纵观全篇，这种解释似乎也说得过去，一夜欢愉，之后各自散去，无人通书信，就此佳人隐去，只能对镜怀念。

不过，既是偷情，又何必要大张旗鼓地留此词作？既然要留，为何不能更含蓄一些，为何非要用“偷共”呢？既然已决心将此事写出，又为何还有“偷”的感觉呢？

无论怎么考量，偷欢之后以词记之的做法，都有些令人无法理解。

事实上，在传统观念盛行了几千年的华夏大地，对纳兰还有同时代的很多人，甚至是现代的很多人来说，即使是夫妻之间的房事，也是隐秘的。正是这种隐秘的心情，才会生出“偷共”这样的词。即使是闲置在梳妆台上无声的玉钗，也会让人感到是在它面前“偷情”。

所以，这里的“偷”，是“情悄悄”之意，是其情羞涩，而不是纳兰其人羞涩。

上片所写，是曾经的合欢美好，下片则是写分别之后的凄苦，从这个角度来看，这首词最终花落沈宛名下的可能性比较大，但这种单一的可能性仅保持到上片结尾。

下片用词相对简单。首两句写寂寞孤冷，而且冷清的闺阁中，只有飞蛾相伴，这是在转换视角去写女子的寂寞。可是，细思起来，飞蛾并未与其相伴，长夜寂寥，飞蛾却以火为伴，虽扑火致死，却纵死不辞，所以，寂寞无依的依旧还是女子。

“谁传锦字秋河”，“谁传锦字”很容易理解，身旁只有飞蛾，很难找到人帮他们传递书信，“秋河”解作银河，这又是一个颇值得深思的意象。整句连起来的意思是“谁为他们隔着银河来回传信”，或是“谁将书信送上银河”。这似乎与北宋秦观在《鹊桥仙·纤云弄巧》中“银汉迢迢暗度”一句相似。

这首词就出现了两种解法。

一是“隔着银河来回传信”，相隔于银河，是牛郎与织女的传说，用在此处，是纳兰在比喻情投意合的两人被迫分开。从这个角度来看，这首词是写给沈宛的，因为沈宛的身份，纳兰与她虽知心，却无法给她名分，被世俗和家族所划的银河所阻隔，从今以后只能隔河相望。

二是“谁将书信送上银河”，一个天上，一个地上，这不是嫦娥奔月的神话，而是生离死别的悲情[1]，欲将书信送向银河，和登天一样难，所以纵然不舍，此生再难有交集。这又与开篇时的“青陵蝶梦”相呼应，韩凭夫妻也是经过了生离死别，最终结成连理。如此一来，这首词便是写给亡妻的悼亡之作。

在这首词的最后两句中，我们似乎能寻到一些蛛丝马迹。

[1]关于银河与生死相别的关系，在卷一《画堂春·一生一代一双人》中曾简单地阐述过。

“莲子依然隐雾，菱花暗惜横波。”此二句中，“菱花”句颇为易解，意为“只能对着镜子不断回忆和温习那双动如秋波的眼睛”。

“莲子”是为怜子，简单说就是“爱你”的意思，也有“垂莲子”的用法，是为垂怜子。这句话的重点，在“依然”二字。虽然普通而常见，但这二字却道出了一种状态。这名纳兰喜欢的女子，他对她的情感，之前隐藏在雾气中，如今还隐藏在雾气中，所以只能对镜思念。

有人将“莲子”解作女子，认为此女子不易得见，所以词中称其“隐雾”，所以纳兰才惆怅音书难寄，才会落得对镜思人。

如果之前的偷欢成立，那么这个解法似乎是有些道理的，只不过，此解就像上文偷欢之解不足成立一样，很难服众。将莲子解为所爱女子，这是合情理的，但将“隐雾”理解为“难见面”，似乎过于直白。这里的“隐雾”，应与上片末句中的“偷共”一样，是一种深层的心理体验，而并非是如此外化的直接表达。

情感隐于雾，是不能说，只能将美好留于心底，藏于帘幕，由此看来，这首词大约还是写给沈宛的可能多些吧！因其为妓，不得入阁，因其为汉人，不得入旗人之谱，遂只能遥遥相望，之后努力相忘。

除了这首词中的一些端倪，在沈宛仅存的五首词中，有《菩萨蛮·忆旧》，其首句为“雁书蝶梦皆成杳”，许是与本词中的“蝶梦”相对，不过除此之外，也再难寻到其他证据。

这首小词虽然寓意缥缈难解，但风格却自然流畅，词中典故与意象也非常贴合，虽有粉饰，却无雕琢，不能说是自然之美，却也是美得自然。

步韵词祭

清平乐·步韵纳兰《青陵蝶梦》

故园一梦。渌水迎朝风。螺黛香尘情万种。碧草落花与共。

西风散尽萤蛾。锦云望断天河。凤翘斜横金锁，前缘往事如波。

菊花新·用韵送张见阳令江华[1]

愁绝行人天易暮。行向鹧鸪声里住[2]。渺渺洞庭波，木叶下、楚天何处[3]。

折残杨柳应无数[4]。趁离亭笛声吹度[5]。有几个征鸿[6]，相伴也、送君南去。

浅显注释

①用韵：应是“用……之韵”，如今已不详。　江华：在湖南省西南部，今为瑶族自治县。康熙十八年（1679 年）秋，纳兰好友张纯修去江华县任职，纳兰填此词相送。张纯修，字子敏，号见阳。

②鹧鸪声里：意为鹧鸪的叫声中。鹧鸪的叫声听起来像是在说“行不得也哥哥”，古人常用鹧鸪啼声表达惜别之意。

③渺渺洞庭波，木叶下，楚天何处：化用屈原《九歌·湘夫人》中“袅袅兮秋风，洞庭波兮木叶下”二句。楚天，古时长江中下游一带属楚国，楚在南方，故后人以其泛指南方天空。宋代柳永《雨霖铃》中有“暮霭沉沉楚天阔”句。

④折残杨柳：古人送别时，有折柳习惯，后以折柳指代送别。

⑤离亭：离别之亭，即送别的长亭。长亭短亭，古代人为了送别，在路旁设亭舍，五里一短亭，十里一长亭，用来宴饮饯行。

⑥征鸿：征雁，迁徙中的大雁。虽然大雁秋来南飞，春来北往，但诗词中，征雁多南飞。

对章小赏

《菊花新》的由来，在宋人周密《齐东野语》中有记载，宋时宫中有菊夫人，善歌舞，妙音律，宫中人称其菊部头，然不得赏识，遂称疾而归。宦者陈源以厚礼聘归，置于西湖适安园。后艺人演《梁州曲舞》，帝不称心，有官者举荐菊部头，菊夫人遂归宫中。而陈遂失菊夫人，憾怅成疾。教坊都管王公谨知其事，作《菊花新》献之，陈大喜，以田宅钱财谢之，其后每闻此歌，泪下如雨，不久伤心过度郁郁而终。

由此可见，《菊花新》这个词牌的节奏和氛围应是凄婉悲凉的，纳兰在这里用它来写送别，也算是恰如其分。

古人送别，亲朋好友会随旅人一起出城，行至长亭，摆酒设宴为其饯行，宴饮多是午间或午后开始，会持续到下午，甚至是薄暮时分。到了薄暮时分，就算再不舍，旅人也必须启程了。

这首词中描写的就是这样一场宴会。

上片首两句写的是离别时的景象以及行人、相送之人的凄凉感受。

远行之人离愁满腔，“愁绝”从字面上解释，就是“愁到绝处”，极度的哀愁。时值秋季，伴着这种非比寻常的离愁别恨，连天色也暗得特别快，仿佛转眼之间，午后已逝，薄暮将至。是因为不舍，才倍觉哀伤，也是因为不舍，才觉得临行前的时间飞快，而迅速变暗的天色，更增添了不舍和哀伤的气氛。

“行向鹧鸪声里住”，鹧鸪的叫声，历来被认为是不舍与挽留之意。“住”在此是停住之意，也就是止步。虽然天色将暮，但即将远行的人，还是在挽留声中止步，更显出好友间离别时的难舍难分。

古时交通不便，人们出行，往往要跋涉很久，这让每一次送别，都显得格外重要。此地一别，再通书信，不知何时，下次相见，不知何年，再加上古时医疗条件不好，长途跋涉水土不服，对这些人来说这一别竟成永别，而每一次的送别，都可能是亲友之间最后一次见面。

上片后三句化用屈原“袅袅兮秋风，洞庭波兮木叶下”，张纯修此行也是在秋季，江华在今湖南省西南，而洞庭湖在湖南省北部，所以在这里，纳兰既是用前人成句，也是用“洞庭”指代张纯修此行的目的地。

秋天的洞庭湖上，想必是水波渺渺，岸上木叶纷落。纳兰立在京城外的长亭，遥望南方的天空，感叹着好友此行之远。因为远，所以才有了“何处”一说。并非不知张纯修要去哪里，只是那方天空实在太远，远得看不到，纳兰才会问一声“何处”。

写过送行的心情和远行的目的地，下片转向真正的深沉别情。

下片首句的含义是因为送别，路旁的杨柳已经被折得残败。古人送行，总要折柳条送给远行者，因为“柳”与“留”谐音，有挽留和恋恋不舍之意，所以，一般送别的桥头、亭旁，柳条大多被人折光。不过，纳兰的这首词中，折断无数柳条的不是之前的送行之人，而是纳兰一行，折遍杨柳，是实写折柳，也是在指纳兰等人说尽了离愁别情。

下句写环境，送别折柳的时候，长亭中笛声清越，飞向遥远的天际。古代饯行时，除了宴饮，还会有助兴节目，有时是大户子弟携带的乐师或歌伎，有时是亲友操琴弹唱。纳兰此处描写的笛声，应是为宴会所携带的乐师歌伎所奏。就在美妙的笛声中，纳兰一行人握着张纯修的手，一遍一遍地说着别离的话。

这首词的最后，是真正的离别时刻。因为首句中的“天易暮”已经道出了时间将晚，所以眼下，就算再难舍，今日也终须一别。朋友们就此别过，无法远送，于是纳兰又开始担心好友此行寂寞。

末三句是问句也是感慨，如此长的旅程，有几只大雁与好友相伴，远送向南呢？这是纳兰不舍的心情，更是在用“征鸿”相送，表达他欲送友人南下的心思。

“征鸿”便是征雁，大雁冬季南飞夏季北往，如同出征，是为征雁。注解中言，征雁多指南飞雁，比如唐代李商隐《霜月》中“初闻征雁已无蝉”，就是大雁南飞时的情景。

可是，大雁年年南来北往，征雁为什么多指南飞而不是通称呢？

这是由征雁一词被寄予的情感决定的。大雁南飞，是北方秋季，凄厉肃杀，令人心寒，古人多居于南方温暖适宜的地域，北行之人不是戍边征战，就是出使、逃亡，或是被外族掠向塞外，心情多悲凉思家，南飞的大雁会勾起人们的思乡之情，也更多地被写入文学作品之中。

到了春季，大雁又向北迁移，此时南方春暖花开气候宜人，鸟飞莺啼草木复苏，人们的心情也大多都是明朗舒畅的，不会过多地注意大雁，更不会将愁绪寄托在北飞雁的身上。于是就形成了征雁多指南飞之雁的情况。

这首词意境婉约，惜别之情贯穿全篇，既有以景抒怀，也有以情摹景，人愁天易暮，折柳无数，只为了这次相送，恨不能寄身于南飞之雁，送君千里，与唐代李白《闻王昌龄左迁龙标遥有此寄》中“我寄愁心与明月，随风直到夜郎西”有异曲同工之妙。

步韵词祭

菊花新·步韵纳兰《用韵送张见阳令江华》

暗向楚天寻日暮。万里愁思情不住。杯酒在他乡，残月下、人归何处。

应知聚散终无数。把光阴流年虚度。缘浅似寒蟾，常圆缺、梦追魂去。

唐多令·雨夜

丝雨织红茵[1]。苔阶压绣纹。
是年年、肠断黄昏。
到眼芳菲都惹恨，那更说，塞垣春[2]。

萧飒不堪闻。残妆拥夜分[3]。
为梨花、深掩重门[4]。
梦向金微山下去，才识路，又移军[5]。

浅显注释

①丝雨：细雨。　茵：垫子或褥子。

②塞垣：字面解释是塞上城墙，即长城，又特指为长安以西的长城。明代何景明在《陇右行送徐少参》中有“陇右地，长安西行一千里，秦日长城号塞垣”之句。一说陇右为陇西，指甘肃省陇山以西的地区。

③夜分：夜半。

④为梨花、深掩重门：化用唐代戴叔伦《春怨》中“金鸭香消欲断魂，梨花春雨掩重门”二句，借指断魂相思。

⑤金微山：今阿尔泰山，唐贞观年间，以铁勒卜骨部所在地置金微都督府，山因此得名。唐诗中常以金微山指代边塞。　移军：军营转移。

对章小赏

《唐多令》，又名《南楼令》，双调。

这是一首闺怨作品，词中以缤纷的色彩映照灰暗的心情，写出闺中少妇对塞外征人的深切思念与不能相聚相守的无限怅恨。

上片首两句是春雨晚景，“织”“压”二字尤为传神。

春雨细如丝，交织花前，将一朵朵初开的春花用雾气连成一片，织成红色的软褥。

“织”一字，既是指春天的细雨唤得红花苏醒，开成连片的红色，也是指雨丝在花朵之间交织缠绕，雨丝染了花的颜色，红雾茫茫，仿佛将花朵也连成一片，织成褥席。此句有春雨轻细雾气迷离之意，尽显春色朦胧。

“苔阶压绣纹”是说台阶上长的青苔，仿佛是绣在上面的花纹。青苔生长时，轮廓多不规则，任意蔓延，再加上古时多石阶，表面有细微坑洼，日久磨损，低洼处易积水生苔，这样的青苔形状不规则，分布也不规则，随着石阶上的纹路，随意生长。

此句中“压”一字，是形容青苔致密，贴着石阶生长，仿佛是被绣在石阶上的花纹。古代刺绣用丝线，以针脚细密为妙，绣出的花纹微凸，表面光滑鲜亮，隐隐能看到一根根绣线之间的浅浅凹处，与青苔的形貌极为相似。青苔虽是整片生出，但也是由细细的苔丝构成，与刺绣无异，又是在雨中，更显其光鲜亮泽，是为“绣纹”。

眼前的景色似乎非常美好，春花青苔细雨如烟，可是，若心情舒畅，为何好花无人赏？若门庭热闹，为何阶上生绿苔？

接下来的两句，是说断肠离恨。

不赏花，不出门，年年如此，到黄昏时分，是人断肠时。可见此时是黄昏时分，天将暮，春雨携着雾气，在庭前徘徊，犹如离恨。说是离恨，并非因为预先知道此作是闺怨题材，而是凭着“肠断”二字。

古时人痛极多言“断肠”或“肠断”，此典出自晋代干宝《搜神记》卷二十：

临川东兴，有人入山，得猿子，便将归。猿母自后逐至家。此人缚猿子於庭中树上，以示之。其母便搏颊向人，欲乞哀状，直谓口不能言耳。此人既不能放，竟击杀之，猿母悲唤，自掷而死。此人破肠视之，寸寸断裂。未半年，其家疫病，灭门。

其大意为：一人入山抓得幼猿，回家后将其绑于庭中树上，母猿相随至其家，自击面颊作哀求状。但此人杀了幼猿，母猿哀叫着倒地而亡，此人破其腹，见肠寸断。不到半年，此人家遭瘟疫，全家灭门。断肠并非断裂，而是断成一寸一寸，可见悲痛至深。

上片后三句才落入正题，言及边愁闺怨。

虽然满园春色花草芳菲，但看在眼里，却只能让人生出无尽恨意，就更不要说是边塞的春天。“到眼芳菲”是实写，是之前的“丝雨”“红茵”和“苔阶”，是家中的满园春色，而“塞垣春”却是想象。

因为思念戍边的丈夫，开始想象塞上的春天是何种景象，也是因为想到塞上的春天，勾起了无限思念与痛苦，不觉更感悲恨。“那更说”是递进之意，表示强调，眼前的景物都“惹恨”，更不要说是丈夫驻守的边塞风景了。

下片多是想象和抒怀，紧接上片的“塞垣春”而起。

边塞春色到底有多“惹恨”，首句便有了回答：“萧飒不堪闻。”这是实际情况，边塞凄寒，春来较晚，故园红花，塞上萧飒。其中“萧”是景象萧条，“飒”是寒风飒飒，风、景皆有，静动相合。

这句话不仅是承接上片说“塞垣春”，也是实写春夜孤心，与下面一句“残妆拥夜分”合起来看，便是指夜半无心睡眠，窗外萧条冷清和飒飒的风声过于凄凉，令人不忍去听。

“残妆”是当天未洗的妆容，独守空房，悦己者在天之涯，自然无心梳洗，不是不化妆，就是化了不洗，这是在表达自己的生活了无生趣，对生活毫无兴致。在这一句中，“残妆”与“夜分”相对应，都有残缺之意，刚好映照了夫妻相离的孤寂处境。

下片中以“拥”字为绝妙。“拥”意为“拥抱”，本身的含义颇为温暖，但在这一句中，它夹在“残妆”与“夜分”之间，“残妆”孤独，只能拥抱夜半的时光，就像女子孤独，只能拥抱回忆。以“拥”之暖，比“残妆”“夜分”之寒，区区五字便有如此落差，堪称神来之笔。

下面两句“为梨花、深掩重门”，化用戴叔伦诗句。梨花作为常见花种，在古代诗词中用意颇多，可以指雪，比如唐代岑参《白雪歌送武判官归京》中的“忽如一夜春风来，千树万树梨花开”；因其洁白而花朵单薄，多有楚楚可怜之意，比如白居易《长恨歌》中的“梨花一枝春带雨”。

戴叔伦《春怨》中的梨花大约和白居易《长恨歌》中的意思相近。与这首词相同，戴叔伦其诗也写春怨，其中“梨花春雨掩重门”是说女子伤极断魂，纳兰移至此处，应是将其意也一并移来。所以这首词中的“梨花”，被赋予断魂之意。

因断魂，于是将重门深掩，正是夜色浓，院门、房门当然要关好，但这里的“重门”一词，与“梨花”代表的断魂之情相对，恐怕是指心扉。

思念教人愁断肠，魂魄离断，心门暗锁，寂寂无声，与春雨中飘着朦胧雾气的夜色相伴。

词的最后三句写梦，无论是意象、意境还是情节，都出自唐代张仲素《秋闺思》二首。

张仲素原诗如下：

【其一】

碧窗斜月蔼深晖，愁听寒螀泪湿衣。

梦里分明见关塞，不知何路向金微。

【其二】

秋天一夜静无云，断续鸿声到晓闻。

欲寄征衣问消息，居延城外又移军。

可以看到《其一》中的“梦”与“金微”，也可以看到《其二》中的“又移军”。《其一》中说的是不知路，其二说的是“又移军”。到了纳兰的词中，张仲素这两首诗便被合在一起，变为之前不识路，其后识路，可惜的是“才识路，又移军”。

“才识路”，说明不止一次“梦向金微”，之前梦的许多次都是张诗《其一》中“分明见关塞，不知何路向金微”的情况，而今好不容易识得道路，军营却又搬走了。

在这里，“才”“又”二字，表达出追思不可及的绝望之情，即使已经在梦中跨越千山万水，也终是无法触及。

此时，女子的怨与愁，已经到达极致，是苦极，也哀极，更是无边无际的思念与无休无止的伤痛。

这首词情真意切，上片中，尤其是首两句用字讲究，颇为华丽，下片中两番化用，虽化用亦不伤情重，反而将闺怨愁情无限地放大开来，成为日、夜、梦、心中以及天地间时刻涌动着的哀婉情伤，读之心疼，品之心伤，思之心碎，感之心醉。

另外，还有一点值得注意。

这首词中，最后的三句从意境上几乎完全取自前人作品，古代虽无抄袭概念，又有俗语“天下文章一大抄”为之作解，但为何会有这样的情况呢？这大概要算作“直接经验”与“间接经验”的差别了。

古代素有“女子无才便是德”一说，在那段男尊女卑的历史环境中，男子读书可考取功名，女子读书几乎无用，所以无论是诗人还是文学家，男子皆占大多数，这就造成了宫怨、闺怨诗皆是男子所写的现象。

男子写闺怨，一如现代男作家写女子学校，大多依靠想象，还有便是参照前人的描写，就像现代人学习诗词，多爱沿用古代常见的“帘”“阶”“柱”，无论现实生活中是否存在这些东西。

纳兰生于清朝相对太平的年代，又是高门子弟，对百姓的戍边苦和闺怨情未必听闻许多，闺怨题材的主要来源，还是要仰仗前人诗作，正因为如此，这首词中才会出现如此全面的“意境移植”。

不过这次化用是成功的，将两首诗的篇幅，压缩成三句十三字，含义必然精练，不过由此也能看出，纳兰对前人诗作的熟悉程度以及他对文字的高超把握。这似乎也应了《红楼梦》中香菱学诗“熟读唐诗三百首，不会作诗也会吟”的说法。

步韵词祭

唐多令·步韵纳兰《雨夜》

南土草如茵。破冰生绿纹。
不得知、日色沉昏。
追忆香兰移跬步，断碑在，一寻春。

车马旧传闻。出山泉水分。
到如今、所伫无门。
前代风光今梦好，当时雨，殿前军。

虞美人·峰高独石当头起

峰高独石当头起。影落双溪水。马嘶人语各西东。行到断崖无路小桥通。

朔鸿过尽归期杳①。人向征鞍老。又将丝泪湿斜阳②。回首十三陵树暮云黄③。

浅显注释

①朔鸿：从北方南飞的大雁。朔，与“朔风”之“朔”含义相同，是为北。

②丝泪：像雨丝一样的眼泪。

③十三陵：明代皇陵，在今北京市昌平区天寿山脚下。明朝一共十六位皇帝。开国皇帝太祖朱元璋建都南京，葬于南京钟山之阳“明孝陵”；第二帝建文帝朱允炆不知所终，下落不明；第七帝朱祁钰，因其兄英宗皇帝朱祁镇被瓦剌俘虏而即位，后英宗回，复辟杀朱祁钰，捣其天寿山中所修陵墓。其余十三帝皆葬于此，故称“十三陵”。

对章小赏

《虞美人》，唐代教坊曲目，分为上下两片，各有两平韵两仄韵，交替更迭，朗朗上口。后人惯以南唐后主李煜的《虞美人·春花秋月何时了》为经典词作。

这首词中的景象，虽然靠近明代十三陵，却并非一首怀古作品。虽然天寿山是明代皇家墓葬群，但清代在附近设有围场，专供皇帝、贵族打猎之用，所以这首词应该是出猎时的感怀之作。

上片写围猎，优美生动，起句不凡。

“峰高独石”既说气势，也有独特之意。这应该是纳兰与其他人一起纵马上山，此山颇高，山峰高处有一块大石当头而起。“独”说明周围没有其他石块，也有独占鳌头之意，既说石独立，又凸显其大。“当头起”则是形容其突兀，从侧面言其高大而有气势。

第二句说到石的位置。“影落双溪水”，说明石在溪中，而且因其体积庞大，将溪水分成了两条。“影落”是指大石的影子，石头分开溪水，两道清溪分别映出它的倒影，耳畔还有溪流冲击在石上的动听水声，山林回响。

从下片首句“朔鸿过尽”的意象来看，这首词当是作于秋季，秋天气温下降，水中浮游生物渐少，水色清，溪流可见底。溪水被巨石分为两股，如两条玉带，风景极佳。

首两句写景，次两句写围猎活动。

“马嘶人语”指打猎的队伍，因为既有人又有马，又随从众多，所以才有了人语混马嘶的情况。“各西东”是指分头行动。

古人打猎虽是数百人同行，但到了猎场后，为了方便活动，尽量不惊动猎物，众人会分成几队捕猎，此处便是写众人分散开，各走各路。而“各西东”又刚好与之前的“双溪水”对应，此地溪水分流，人马亦分头而走，有以水比人，以人应水之巧。

这种以水之分流比人之分离的写法，并不是纳兰独创，相传为卓文君所作，实为佚名者所作的汉乐府诗《白头吟》中，便有“今日斗酒会，明旦沟水头。躞蹀（xiè dié）御沟上，沟水东西流”之句，便是以水比人，言其决绝。

下句写纳兰自己的山行情况。“行到”一句的意思简单直白，是指前方断崖，山路已尽，似乎须掉头而回，却有小桥连通。

上接“各西东”，分手之后，纳兰骑着马一路前行，行至断崖边，以为无路可走，却发觉有小桥飞架断崖之上。事实上，他未走到断崖旁时，就应该看见了小桥，之所以用这样的顺序写，是为了将之前的“行”也联系起来。

这句话是在描述一个“行”的过程，如果抛开“行到”，直接写“绝路崖前幸有小桥通”，就将此句与前句的“各西东”分裂开来。没有“行到”，断崖小桥只是一个画面；没有“行到”，就不会有绝路逢生的感觉，只有断崖恰好有小桥的庆幸。

下片开始抒怀，应是见陵墓而想到朝代变迁。

首句北雁南飞，而且已经飞尽，是为秋末，季节是实写，南归雁尽也是实写，十三陵在北京城北，大雁自然不会停留。

大雁飞尽，却没有约定归期，而曾经征战沙场的人却老了。

十三陵中的帝王，很多都没有“征鞍”岁月，所以此处的“征鞍”应该不是指明朝皇帝，而是指那些为国家、为朝代更替前赴后继的牺牲者，也就是征战沙场的将士。

明朝已亡，但时间并未久远，很多明朝的将士现在依旧健在，却已是“廉颇老矣”，而他们曾为之浴血奋战的朝代，已经如南飞的大雁一样，了无踪迹，不知归期。

末两句是写景，也是抒怀，意境深远，哀婉难息。

“丝泪”是细如雨丝的眼泪。人的眼泪从眼眶坠落时，通常成滴且颗粒颇大，很难有雨丝之感，所以在这里“丝泪”是指慢慢渗入眼眶的泪水。因其慢，才可称为“丝泪”。

“湿斜阳”则是指隔着朦胧湿润的泪眼看向斜阳，是形容词作动词用，直译为“使斜阳湿”，这也从另一个角度印证了“丝泪”一解。丝泪使斜阳湿润，便是含泪看，若泪已落，则此泪湿前襟，难“湿斜阳”。

末尾一句主要写景，却是纳兰眼中之景，故亦有情寓其中。

马上回首，颇为寂寥。这个意象并没有既成的典故流传，但通常人在马上都是策马奔腾一路向前，回头的情况极少。若回头，除了看后面的追兵，就是看后面的故乡，比如唐代韩愈《左迁至蓝关示侄孙湘》中的“云横秦岭家何在，雪拥蓝关马不前”，便是典型的马上回头思故乡。

此时的纳兰必是怀着一种怅然若失的心情，坐在马上回望，只见十三陵前的树，伴着夕阳下的云一起泛黄。

如果以“朔鸿过尽”来推断，此时是秋季，秋天山中野物肥美，所以皇家多有秋猎，秋季树叶黄落，夕阳斜照暮云与山景，山与云连成一片闪亮的金色。

这时的十三陵很美，因为有金光照耀，似乎还隐隐地透着帝王气，可是，那毕竟只是陵寝，曾经软弱、昏庸、贤明、勇武的明朝帝王，如今只能在天寿山上的陵寝中，叱咤暮云。

这首词从山中秋猎写起，最后落在十三陵前的一片金黄上，这是朝代变迁抚今追昔的感慨，更是纳兰作为一名清代贵族子弟，对前代帝王诚挚却又颇有些复杂的崇敬与缅怀。

步韵词祭

虞美人·步韵纳兰《峰高独石当头起》

拨灯揽卷忧心起。成德随流水。当时只到海关东。铁马泪垂无语瑟琴通。

词中总道楚天香。无奈冯唐老。一襟寒雨映残阳。渌水亭前荷叶早添黄。

虞美人·风灭炉烟残灺冷

风灭炉烟残灺冷[1]。相伴惟孤影。判教狼藉醉清尊[2]。为问世间醒眼是何人[3]。

难逢易散花间酒[4]。饮罢空搔首。闲愁总付醉来眠。只恐醒时依旧到尊前。

浅显注释

①残灺：烧残的蜡烛或灯芯灰烬。灺，读音 xiè。有版本将残灺解为“烧残的烛灰”似有不妥。灺，或指“没点完的蜡烛”，或泛指灯烛，或指“灯芯燃烧后的灰”。与“残灺”相符，可解为蜡烛，可解为灯芯灰，却偏不是烛灰。烛化泪，越烧而泪越多，浸烛芯则灭，无法成灰。只有油灯灯芯，因越烧而油越少，终可成灰。

②判：甘愿、不惜之意。判教可解为“偏教”。　清尊：即酒樽，借指清冽醇厚之酒。

③醒眼：清醒之眼。

④花间酒：出自李白“花间一壶酒”之诗。

对章小赏

这首词从词工上看，是纳兰词作中颇为普通的一首，无论从词句流畅还是意象优美上衡量，都不算出众，但这首词中所述之人却出类拔萃，傲视诗坛千年，高歌余音至今未止。

他便是唐代诗人李白。

这首词通篇写李白事、李白诗、李白情，或者说这是纳兰在借李白之事抒己之怀。不过整体看，这首词中只写醉，之后便是醒来又醉，并未透露纳兰自己的心思，这大约是一首以词怀李白之作。

这首词中裁取的主要典故是李白的《月下独酌》，尤以最脍炙人口的《其一》中的“花间一壶酒”为主。

录李白《月下独酌》四首[1]如下：

【其一】

花间一壶酒，独酌无相亲。举杯邀明月，对影成三人。月既不解饮，影徒随我身。暂伴月将影，行乐须及春。我歌月徘徊，我舞影零乱。醒时同交欢，醉后各分散。永结无情游，相期邈云汉。

【其二】

天若不爱酒，酒星不在天。地若不爱酒，地应无酒泉。天地既爱酒，爱酒不愧天。已闻清比圣，复道浊如贤。贤圣既已饮，何必求神仙。三杯通大道，一斗合自然。但得酒中趣，勿为醒者传。

【其三】

三月咸阳城，千花昼如锦。谁能春独愁，对此径须饮。穷通与修短，造化夙所禀。一樽齐死生，万事固难审。醉后失天地，兀然就孤枕。不知有吾身，此乐最为甚。

【其四】

穷愁千万端，美酒三百杯。愁多酒虽少，酒倾愁不来。所以知酒圣，酒酣心自开。辞粟卧首阳，屡空饥颜回。当代不乐饮，虚名安用哉。蟹螯即金液，糟丘是蓬莱。且须饮美酒，乘月醉高台。

---

[1]《月下独酌》四首：此组诗为五言古体诗，也称古风，同乐府诗歌。无平仄格律要求，句尾押韵，中途可换韵，无篇幅要求，故《其三》较其他三首略短。

纳兰的这首词上片首句点明时间。“风灭炉烟残灺冷”，炉中烟已灭，蜡烛半柱冷，是为夜深风起微凉时。之后一句“相伴惟孤影”，便是李白诗中的“独酌无相亲”和“举杯邀明月，对影成三人”之意。

下句中的“判教”，除了有“不惜要”“偏教”之意，还可引申为“偏要”“非要”，是言李白之任性而为。“狼藉”是指桌上菜肴果品以及杯盘凌乱之貌，既已醉，便顾不得桌面整齐，就如宋代苏轼在《前赤壁赋》里说的那样，“肴核既尽，杯盘狼藉”。

“清尊”一词，“尊”通“樽”，为酒杯，这里指清冽美酒。李白在《同王昌龄送族弟襄归桂阳二首·其一》中有“楚谣对清樽”。“清酒”一词在李白诗中出现极多，著名的《将进酒》中便有“金樽清酒斗十千”一句。

上片末句略有些拗口。

“为问世间醒眼是何人”，翻译过来就是用清酒之醉，来问这世上还清醒着的人是谁。这是李白的“世人皆醒我独醉”，还要反问世上谁人醒。上文所录《月下独酌·其二》中有“天地既爱酒，爱酒不愧天”之说，按照这个说法，世上醒着的人，便是对酒不爱，对天地不尊了。

而在《其二》中亦有“但得酒中趣，勿为醒者传”二句，将自己与醒着的人划清界限，表面上看，这是李白，或是纳兰自己不肯与醒者同乐，但事实上，是因为彼此没有共同语言，而不能与醒者同乐。

“问世间”这一问颇为壮观，有傲视众生之感，李白醉后狂放不羁，令高力士脱靴之事顿时浮现在字里行间。这句话是替李白问的，也可能是纳兰自己在问。

虽然从这首诗中，我们无法窥见让纳兰感到烦恼的事件，但联想卷二所录《金缕曲·赠梁汾》中的“德也狂生耳”与“我本楚狂人”，以及“有酒惟浇赵州土，谁会成生此意”中不被人理解的痛苦，似乎也能推想纳兰以李白事抒己之胸臆的原因。

下片中几乎完全用李白事为典故，此四句，几乎都能在李白的诗作中，或在与李白有关的诗作中找到印证。

“花间酒”一词便是上文所录《月下独酌·其一》中的“花间一壶酒”，

"难逢易散"则是指相逢难，离散却是转眼间，它与花间酒连在一起，便是《月下独酌·其一》中的"我歌月徘徊，我舞影零乱。醒时同交欢，醉后各分散"之意。

醒时举杯邀约，对影为三而成酒席，醉后却各自分散，在醉眼中看不清了，一醒一醉之间，转瞬而已，是为易散。李白孤零，无人对饮，与月、影相邀，是道与友人相逢之难，更是指这种天马行空的想象难。李白以想象之力使人、月、影三者相逢，是纳兰眼中的难事，故称"难逢"。

"饮罢空搔首"中的"搔首"，第一眼会令我们记起唐代杜甫在名篇《春望》中的"白头搔更短"。"搔首"一词，确实语出杜诗，却不是《春望》，而是杜甫《梦李白二首·其二》中"出门搔白首，若负平生志"二句。

有人将"搔白首"解作"可能是李白的习惯动作"，似乎有些牵强，仿佛杜甫梦见的，应该是李白常有的姿态。

不过，李白平生豪迈，似乎不太可能像杜甫一样在愁苦之时颇为无奈地搔首挠头，不过在杜甫的梦中，他挠头了。如果杜甫真的梦到这样的场景，也大约是杜甫在潜意识中，认为在那样的心情下，人应该搔头才是，所以在梦中无意识地创造了一个"李白搔首"的形象。

杜诗中"出门搔白首，若负平生志"二句，是说李白离开时还在挠着自己的白发，好像觉得辜负了自己平生的豪情壮志，这是一个无可奈何的动作，有烦恼，有焦虑，还有一丝不甘，这便是杜甫眼中李白的心情。

纳兰这首词中的李白，饮下花间酒，醉后月和影凌乱离散，只剩他一人，颓然坐于桌旁，是因为醉，也是因为平生的不得志，所以才"空搔首"。

下片末两句颇为生动传神，大概意思是将一腔闲愁交与酒醉后的沉眠，却怕酒醒之后，这闲愁依旧走到桌前，还得拿起酒杯继续畅饮以消闲愁。

"闲愁总付醉"，说的便是心里烦闷忧愁时借酒浇愁，此语可见李白《宣州谢朓楼饯别校书叔云》中的"抽刀断水水更流，举杯消愁愁更愁"二句。

最后一句，是说酒醒了还要醉，醒后依旧向酒杯而去，这便是李白在《将进酒》中高呼而出的那句"但愿长醉不复醒"，这种沉浸醉中不愿醒来的感慨，是在逃避世事的浑浊，更是在宣泄无人了解的孤苦。

在李白写酒的诗作中，以《月下独酌》四首与《将进酒》为最，以酒为题，以酒言情，以酒抒怀，所以纳兰在这首词中，多化用《月下独酌》与《将进酒》中的诗句。

李白一生以诗酒为伴，据说是因醉酒后入水捞月而死，此说虽难断其真伪，但在人们心中，李白对酒与月的热爱却可见一斑，他最后因酒与月而逝，真正做到了“长醉不复醒”。

而纳兰则于康熙二十四年（1685年）暮春时分，抱病与好友一聚，席上一醉一咏三叹，而后一病不起，七日后，于五月三十日（1685年7月1日）逝。可以说，纳兰去世前的最后一件事，也是饮酒。

不知道，这算不算是冥冥中的机缘巧合，或是纳兰本就是与李白一样，是“狂生”与“狂人”的惺惺相惜，抑或是纳兰与李白一样，也在这个浑浊的世间感到无法自由地呼吸。

这首词通篇描写李白，由此可见纳兰对李白的认同，尤其是对他以酒抒怀的认同，纳兰自不会料到，他最终竟与李白走上了一条同样的道路，一条“长醉不复醒”的醉世之路。

而后世人展卷再观此作时，却忽地生出一种命运巧合不可捉摸的别样怅然。

步韵词祭

虞美人·步韵纳兰《风灭炉烟残灺冷》

诗仙灭烛怜光冷。月下空怀影。高歌学舞对金樽。百代风流如此竟何人。
暮春何事温清酒。望帝空搔首。轻敲书卷不成眠。回首折风长醉夏花前。

临江仙·卢龙大树[1]

雨打风吹都似此，将军一去谁怜[2]。画图曾见绿阴圆。旧时遗镞地[3]，今日种瓜田。

系马南枝犹在否[4]，萧萧欲下长川。九秋黄叶五更烟[5]。只应摇落尽[6]，不必问当年。

浅显注释

①卢龙：清代直隶县名，在今河北省卢龙县，山海关西南，是秦皇岛市辖区。直隶是旧时省名，意为“直接隶属”，即京师管辖范围。

②将军一去谁怜：用“大树将军”的典故，《后汉书·冯异传》中载冯异谦和，诸将并坐论功时，冯异独坐大树下。

③遗镞：因折断和破损而遗落的箭。镞，箭头。

④南枝：向南的枝条，有思乡之意。语见《古诗十九首·行行重行行》中“胡马依北风，越鸟巢南枝”。

⑤九秋：深秋。唐代徐坚《初学记》卷三中引南朝梁元帝《纂要》，言“秋曰白藏，亦曰收成，亦曰三秋、九秋、素秋、素商、高商”。

⑥摇落：摇摆而落，凋零之意。

对章小赏

《临江仙》，唐代教坊曲目，有三种格式，字数略有不同。

按照《饮水词笺校》的说法，这首词应作于康熙二十一年（1682年）秋，纳兰赴觇梭龙考察途中，词中“将军”大约是明末清初之人，具体不详，本词为塞上怀古之作。

还有人认为，这首词作于康熙二十一年纳兰随康熙东巡时，与《长相思·山一程》等作品一样，作于途经山海关附近时。不过，东巡是二月出发五月归来，与这首词中的秋景不符，当如《饮水词笺校》所言时间。

关于卢龙，研究者们认为这可能是实写，也可能只是借卢龙指北方边塞。不过，既然所指将军已经不详，那么将军之事到底是在卢龙发生，还是这首词只是泛泛地以大树怀人，便不易确定了。但是，从纳兰以卢龙一词入题来看，是实地之事的可能性会大些。

卢龙地区历史久远，为商周时期孤竹国所在地，因其边远，在古代文献中被称为“四荒”之一。不过，在诸侯国中，孤竹虽偏，却很有名。孤竹国疆域相对较大，历史也较长，更重要的是，孤竹国出了两位圣贤之人，那便是伯夷与叔齐。

在《史记卷六十一·伯夷列传第一》中，司马迁详细地记载了伯夷与叔齐的故事。从两人相继离开孤竹国躲避继承王位，到打算去投靠周文王，抵达后却发现文王死，武王立。武王以车载木刻文王像，正出兵讨伐商纣王。伯夷、叔齐以为文王刚死，武王不应出兵伐纣，便拦车马劝谏，称武王不孝不仁，左右欲杀二人，军师姜子牙制止，认为二人是义人，遂放走。后来武王灭殷，周一统天下，武王高官厚禄聘伯夷、叔齐，二人不受，隐于河南地区首阳山中，誓不食周粟，采薇而食。遇一妇，妇问二人为何采薇而食，听闻后，言其二人所采之薇亦属周朝，伯夷叔齐遂饿死于首阳山，死前作《采薇歌》。

卢龙曾出过这样高尚的古人，那么在明末清初时出现一位值得纳兰唱诵的将军，便也不足为怪了。

这首词以古今对比的手法，将今夕何夕的变迁之感以及人行塞上的空寂孤单一并道出。

整首词以树为主题，全篇围绕大树而写。

上片首句先从恶劣的天气写起。风雨侵袭，大树屹立不动，一直保持着原来的样子。“都似此”是指像现在一样。

对于树来说，“雨打风吹”是指恶劣的天气，对于已经故去的将军来说，“雨打风吹”则是命运的动荡与翻覆，大树“都似此”，将军却已逝。所以在第二句中，纳兰发出了“谁怜”的叹息。此处疑是用东汉冯异“大树将军”一典，将眼前的大树与故去的将军联系起来。

“画图”句中，“画图”本意为图画，也因长期以来人们常用“风景如画”等比喻，扩展为自然美景之意。“绿阴圆”是指树冠茂盛，绿叶满枝，树影投在地上落成圆形。树荫圆满，说明树的长势良好，营养充足，是指这棵大树的美好时光。整句大意为大树圆圆的阴影，曾经也是这里的一道风景，“见”同“现”，出现、显现之意。

写完大树过去的风光，便掉转笔锋去写周围的土地。这是一种不着痕迹的过渡，从大树写起，再写周围的土地，仿佛是以大树的视线来看朝代变迁，世事流转。

上片末两句便是“沧海化桑田”之意，虽然并没有从水变成土地，但是，之前的战场已经变成了瓜田。战场的气氛凶险凄厉，骸骨遍野，刀枪散落各处，一片萧条，而如今瓜田却色彩明艳，绿苗黄花，在阳光下清新美好。

《临江仙》词牌中并没有对仗的要求，但“旧时”与“今日”却对仗工整，“旧时”与“今日”，“遗镞”与“种瓜”，不单是在时间上、色彩上，更是在用途上实实在在的对比。而“地”与“田”反倒是同一个意思，并没有形成对比。这是因为，这块旧时遗镞、今日种瓜的田地，本身就是同一块土地，不对比，恰好紧扣其地相同而其风物变迁的寓意和主题。

若不是纳兰知道，若不是大树记得，谁能想到如今这片爬满矮矮瓜藤、生机勃勃的田地，是曾经那片肃杀血腥、满地箭镞的战场？这是对过去的追忆，也是对时代变迁的感叹。

既然已经提到旧时，下片便从旧事说起。

下片首句是问句，表达了感慨之情。曾经被人系过缰绳的枝条还在吗？“南枝”是向南的树枝，树枝伸向南方，有思乡的寓意。

此句出自《行行重行行》，原句中写得非常明确，胡地的骏马喜欢被北风吹拂，来自越国的鸟儿喜欢在向南的树枝上筑巢，是以物寄托乡情之意。所以，纳兰所记的这位将军，应当也是中原或者南方人，才会在朝南的枝条上系缰绳。

下片次句中，“萧萧”一词可以解作草木在风中摇落的声音，如唐代杜甫《登高》中的“无边落木萧萧下”；也可以解作马鸣声，如唐代李白《送友人》中的“萧萧班马鸣”。

这两种解释虽然都能说得通，但如果解作落叶，那便是朝南的枝条上，落叶纷纷，想飞到南方的河流中去。不过，眼前的这棵大树生于斯长于斯，不太可能有南归之意，所以“萧萧”当指马鸣。此句意为系在南枝上的马，欲奔向南方，也可以再深一层，理解为马的主人欲归南方。

“长川”是长长的河流，应是指黄河或长江。“下”是南下之意，“欲下长川”，便是欲归南方。古人自北向南多言下，比如“南下”“下江南”等，这是因为地图上北下南，在地图上看，向南方走便为下。至于地图为什么是上北下南，再向前推衍，可能与古代人普遍认为北方为大，风水较好有关，皇帝坐北朝南，所以南与北相比为劣，是为上北下南。

“九秋”一句，是说时序，秋天，五更时分，冰冷的夜雾还没有化作露水和薄霜，静静地笼罩着满树黄叶，一片凄凉。

下片末两句，是劝慰，更是无法言说的无奈。

对着满树黄叶，纳兰颇多感慨，当年的将军早已不再，当年的战场辟为瓜田，如今只剩一树秋色。既然如此，何必还要空擎一身悲凉，就将黄叶轻摇落尽，不要再想，也不要再问当年事。

这首词以大树为主角，从风雨中到盛夏时的繁茂，通过大树见证时代的变迁。之后转入秋色，也是当时的实景，看着如今满树的黄叶，纳兰只觉世事无常，朝代的变迁、沧海桑田的变幻，竟然比树叶黄落还要快。一树的黄叶，如今也只是徒留枝头，将军已去，无人顾怜，战场更迭，已无痕迹，一切都随着秋天的落叶摇落，化为尘埃，再无迹可寻。

与肃杀冰冷的边塞作品相比，纳兰的作品显得哀伤优美，节奏也相对舒缓；与雄浑跌宕的怀古作品相比，纳兰的作品风格婉转凄清，常于小处见大哀。

这首塞上怀古之作便是集边塞与怀古之风，又以物抒怀，描摹细腻，画面优美，意蕴悠长，娓娓道来，仿佛是立在缓缓流逝的时光之外，试图抓住那一闪而过的记忆画面。

步韵词祭

临江仙·步韵纳兰《卢龙大树》

一代韶华惊碧落，三江盘绕犹怜。缁尘未染月光圆。不知春恨里，旧梦在花田。

唯有情深留笔墨，画楼掩映晴川。松花旧事落云烟。长风摇断桨，金烛照新年。

鬓云松令·咏浴

鬓云松①，红玉莹②。早月多情，送过梨花影。半饷斜钗慵未整③。晕入轻潮，刚爱微风醒。

露华清④，人语静。怕被郎窥，移却青鸾镜⑤。罗袜凌波波不定⑥。小扇单衣，可耐星前冷。

浅显注释

①鬓云松：女子发髻松散，鬓发松落之意。鬓云是诗词中的常用词，形容妇女两鬓的头发美如云彩。

②红玉莹：形容女子脸颊如红玉。红玉，应指和田红玉，珍贵稀有，古时只在宫廷王室内流传。

③半饷：同“半晌”，过了好一会儿。

④露华：清冷的月光。露，露水，引申为清冷。唐代杜牧《寝夜》中有“露华惊敝褐，灯影挂尘冠”。

⑤青鸾镜：镜子。鸾鸟为古代神鸟，《艺文类聚》中引南朝宋范泰《鸾鸟诗序》中言：“宾王于峻祁之山获鸾鸟，养之，三年不鸣。夫人称鸟见其同类而鸣，遂以镜置其前，鸾对影悲鸣，哀响中霄，展翅而绝。”

⑥罗袜：丝罗织成的袜，此处代指女人玉足。凌波：凌于水波之上，比喻女子步履轻盈，行于水上。此处指拨动洗浴之水。语出曹植《洛神赋》中“凌波微步，罗袜生尘”。

对章小赏

《鬓云松令》是《苏幕遮》的别名。

《苏幕遮》，又名《古调歌》《鬓云松令》《云雾敛》《般涉调》，唐代教坊曲目，本为西域舞曲。慧琳《一切经音义》中载：“‘苏幕遮’，西戎胡语也，正云‘飒磨遮’。此戏本出西龟兹国……或作兽面，或像鬼神，假作种种面具形状。或以泥水沾洒行人……土俗相传云，常以此法攘厌，驱趁罗刹恶鬼食啖人民之灾也。”

从上文可见，“苏幕遮”原本是龟兹国一种戴着假面，驱除灾难、饿鬼的舞蹈。不知是为了防泼水才制作面具，还是面具本身就有特别的含义，但从其细节上看，倒是与古时巫术仪式颇为相似。《词谱》中的《苏幕遮》是宋代词人以旧曲另赋新声，与唐时的《苏幕遮》已有不同。

这首词以《鬓云松令》为词牌，又写“鬓云松”，是为巧妙。这大约是词牌引纳兰灵光，就如同用《蝶恋花》词牌写“蝶恋花”的浪漫爱情一般。

这首词题为《咏浴》，是写女子洗浴时慵懒娇柔之态。现代汉语中，沐浴、洗澡通常连用成词，但在古代，沐是洗发，浴是洗身体，洗是洗脚，澡是洗手，分得很清楚。这首词写“浴”，便是洗其身。

上片从入浴女子的样貌写起。

首句“鬓云松”既是词牌，也是描摹。入浴多为晚间，女子晨起梳头，到了晚上，之前光滑柔顺、精心梳拢的发髻也变得有些松散，尤其是鬓角处。鬓发靠近发际，常有新生碎发，因发短而轻，易蓬松飘起，故有“鬓发如云”一说。

通常，“鬓云松”是指女子刚睡醒的样子，因夜间侧卧翻滚，鬓角的头发被揉乱，是为鬓云。但在本句中，“鬓云松”是指夜晚时分，女子洗澡时放松随意的样子。

不过，既是放松，为何不拆开发髻？这是因为女子“浴”而不“沐”，“沐”是洗头，此篇为“浴”，乃洗身。

乌黑的鬓发，环绕着的是透红的脸庞。“红玉”并非全红，当指“挂红之玉”，玉色中泛红，恰如女子脸庞，光滑如玉，颊面微红，晶莹剔透而有生气，这是在说女子因水热而面泛潮红的样子。

有注解将“红玉莹”解作“肌肤如红玉般晶莹”，恐是不妥，诗词中常以玉之晶莹比拟女子皮肤。虽然古人描摹女子多只能写脸面，但这首词已经明确点出是写正在沐浴的女子，而此处又为“红玉”，很难想象，女子洗浴为何身上泛红，所以这里的“红玉”是特指脸上的红晕，而非泛泛地指肌肤晶莹。

散发红颜的女子，见之教人不禁心生怜爱，就连月亮也跟着动了情。

“早月”与“送过”二句当合在一起品味。“早月”是指夜色尚早，“多情”则是对这名女子的爱怜之情，此句简单直接，并无深意，而后句“送过梨花影”却是生动精巧。

“梨花影”是“梨花落在地上的影子”，也可以理解为浓密如影的梨花，梨花拥挤枝头，而“早月多情”，不惧梨花遮挡，努力将自己的光芒从浓密的梨花间挤过，送到女子眼前。这是以拟人的动态写法描摹月光从梨花之间倾泻下来的画面。“送”一字则为这个景象增添了主观色彩，也应照了上句的“多情”。

上片首两句写女子面容，再转而写月色为其倾倒，一人一景，相映成趣。后三句则转写头饰。

女子静坐水中，头上发钗倾斜松散，却因为慵懒，好一会儿都不肯整理。“斜钗”与上片首句中的“鬓云松”相应，“鬓云松”是鬓角飘飞，“斜钗”则为发髻松散。

“晕入轻潮”并非实写人，而是写头上钗影落水中，又以头上钗代人，形容女子的脸庞映入水中。“轻潮”是水波微漾之景，正是“微风醒”时，吹成水面“轻潮”，钗与人共映水中，影随微风摇曳。“刚爱”是指女子顾影自爱，不肯整理头钗。正因为不愿破坏倒影微澜的水面，此三句连读，才可得其真意。女子慵懒地看着微风吹拂的水面，轻波中自己玉面斜钗的样子煞是好看，令她不愿去整理发髻。

上片所写，虽然是沐浴，却只写了女子露在水上的头和面容，下片则用含蓄的手法，写女子浴后出水。

下片首句说时间。月色清凉，人声已静，女子已经从“早月”时分泡到月冷人眠之时，她也该出水了。

后两句很有情致，写女子出水，却并不直言，只刻画了女子怕丈夫偷看，特意将镜子挪走的行为。此处的“郎”，可能是纳兰自指，也可能只是女子的丈夫，女子若是泛指，那其夫更是泛泛之辈，不知何许人。“移却”不仅仅是“移动”，而是“移走”之意，女子行为颇为彻底，也从另一个侧面写出了她的娇羞可爱。

女子出水的惊艳之貌，被这一个“移却青鸾镜”彻底地藏匿了，待再看时，已经是小扇单衣，坐于浴桶旁。

“罗袜凌波”语出《洛神赋》，在《洛神赋》中，极言女子步履轻灵美好，在这首词中，“罗袜”则是指女子的脚。此句意为女子用脚拨动水面，此时，她已经洗浴完毕，坐在浴桶旁，意犹未尽地用脚拨弄着洗澡水。

夜深，浴后，裸足，单衣，令人萌生怜爱，于是便问“可耐星前冷”，这是在担心女子浴后穿得过于单薄，会因夜深风凉而受寒。

这首词写的是夜深人静、房门深锁时发生的事，虽非艳诗，但将晕红的脸庞、戏水的玉足写入词中，尺度也算不小，有人评之为“此篇粉香脂腻，近花间语，未免俗艳之气”。

不过这首词离“俗”还颇有些距离。唐代白居易《长恨歌》中有“温泉水滑洗凝脂”，亦是写沐浴。这首词中用字虽略透“粉香”，却是意象多于实写，只以几处细节来刻画，含蓄之工精妙，是以人之想象，圆轻艳之景，恐怕未必比本卷上文中《清平乐·青陵蝶梦》一词更为“香艳”。

步韵词祭

鬓云松令·步韵纳兰《咏浴》

卷珠帘，风碧莹。流水桥头，孤雁当时影。久病愁颜衣不整。冠带新成，璎珞催人醒。

夜深沉，人始静。书尽彷徨，烛火擎空镜。满目萧条魂初定。不见清风，只道黄云冷。

于中好·别绪如丝睡不成

别绪如丝睡不成[1]。那堪孤枕梦边城。因听紫塞三更雨[2]，却忆红楼半夜灯。

书郑重，恨分明[3]。天将愁味酿多情。起来呵手封题处[4]，偏到鸳鸯两字冰。

浅显注释

①别绪如丝：化用北宋梅尧臣《送仲连》中“别绪如丝乱”一句。

②紫塞：边塞。南朝鲍照《芜城赋》中有“北走紫塞雁门”，由此可见，紫塞应在雁门关附近，被后世人作为边塞的代名词。旧时雁门关为边塞，到清代，雁门关已成为内地，故此处的紫塞并非实指，而是沿用古人习惯，以其代指边塞。晋代崔豹《古今注》中言：“秦长城土色紫，而汉代关塞亦然，是以紫塞称边塞。”所以，紫塞有时也被作为长城的代名词。

③书郑重，恨分明：化用唐代李商隐《无题》中“锦长书郑重，眉细恨分明”。

④封题：古代在书札的封口上签押，是为题字于封口处。

对章小赏

《于中好》，即《鹧鸪天》，又名《思佳客》，其格律与七言律诗相近，亦有对仗惯例，唯下片首句一分为二，是与律诗大不同之处。

这首词写纳兰行至塞上时，对家中妻子的思念。纳兰的塞上之行，一次是康熙二十一年（1682 年）二月至五月随康熙东巡，另一次是同年秋季出使觇梭龙考察，无论是二月春寒料峭，还是十月秋意凛凛，都符合这首词中“三更雨”“呵手”等说法，让人不能确定该词的创作时间。

这首词中，纳兰通过描写自己夜半写信之事，将对故乡、对妻子的思念之情刻画得入木三分，尤以下片末句“鸳鸯两字”精妙。

从时间上看，康熙二十一年时，纳兰的爱妻、原配卢氏已经亡故，家中还有康熙十九年（1680年）时续弦的官氏，以及侧室颜氏。纳兰与官氏属于政治婚姻，官氏颇骄横，再加上其父与其伯父是纳兰上司，夫妻二人似乎相处不佳。

颜氏是纳兰长子富格生母。富格生于康熙十四年（1675年），纳兰娶卢氏则是康熙十三年（1674年），按此推断，卢氏与侧室颜氏大约是同年嫁与纳兰，但从“纳兰性德后又续娶官氏，并有侧室颜氏”看，也许颜氏初入其家时并无名分，是在续娶官氏时正名。虽不知她与纳兰感情如何，但以官氏的情况揣度，这首词大约是写给颜氏的。

上片首句是写夜半无眠。

离愁别绪，仿佛细密的游丝，将纳兰紧紧包裹，无孔不入，侵入他的所有思想，搅得他无法入睡。紧接着第二句便道出了自己所处的地方——边城。

“梦边城”不是梦见边城，而是在边城入梦。孤枕，塞外，一腔离愁让人不堪承受，因为睡不成，反而觉得离愁更深，漫无边际。

上片后两句将现实与想象对比，既是格式上的对仗，也是情绪上的对比。塞上三更雨声急，越听越悲凉，伴着雨声，身在边城的纳兰，记起了小楼上夜半时的灯火。

塞上思佳人，“红楼半夜灯”是回忆也是想象，回忆中的美丽楼阁，楼里的女子，是否也像现在的他一样，终夜无眠，三更时分与孤灯为伴？

紫塞凄凉，红楼温婉，雨水潮湿寒冷，灯火明亮温暖，无论是从字面上，还是从意境上，这两句都形成比较工整的对仗。

但是，“三更”与“半夜”却意思相同。这种看似错误的雷同，却是纳兰专为强调而特意写成的，“三更”与“半夜”的含义重复，与此卷《临江仙·卢龙大树》中“遗镞地”“种瓜田”之“田”“地”的重复相同，是指“同一夜”，也就是这个塞外落雨的深夜。

听着雨，想象着遥远家中的红楼孤灯，是一种最为常见，也最为动人的思乡愁绪。

下片中，纳兰将乡愁敛起，展开了信纸。

下片首两句化用李商隐“锦长书郑重，眉细恨分明”句，长长的信纸，写起来一丝不苟、郑重其事，但离恨却分明锁在细细的眉间。此处便是沿用了李商隐的句意。

不过，这两句应和后面的“天将”句合起来解。

“愁味”是离愁，“多情”在这里是指信中的多情言语，下片末句中有“鸳鸯”为其证。三句连在一起解，便是认真郑重地写着信，让满腔离愁别恨，在字里行间化成多情的话语。

下片末两句，是这封信写完后封口时的感触。

“呵手”是向手上呵气之意，夜半天寒，写字过久手指会僵硬，故而呵气。此处的封题应是在封口处签字画押，当是手写，而不是加盖火漆印章。

末句中，以“鸳鸯两字”精彩，也以“鸳鸯两字”难解。此句大意为在封口题字，明明手指已经被呵暖，写到“鸳鸯”时，却偏偏又感到寒意逼人，手指僵硬，运笔也跟着滞涩起来。

从古至今，鸳鸯一直用来比喻夫妻之间的相依相伴，也正是因为如此，身在塞上、孤枕难眠的纳兰才会被这个词刺痛，连指尖都冰冷凝固起来。

按照常理，信已装入信封，如果“鸳鸯两字”是在信中，理应不得见，而纳兰的落名也断不会有“鸳鸯”，推测可能是加写之词，更有可能的是“鸳鸯两字”只是一种比拟，指代家中妻子。

这首词从头到尾细致地描写了一封塞上的乡情书信是如何写成的，如何注满纳兰的愁思，又是如何在写成之后，再一次勾起他无边的相思与乡愁。

另外，《于中好》这个词牌从字面上看，本身也可以解作“希望你在家中一切安好”，恐怕这也正是纳兰以此牌抒写乡愁与思念的原因吧。

步韵词祭

于中好·步韵纳兰《别绪如丝睡不成》

笔下边愁苦泪成。离京百里有孤城。风沙不卷长空雪，星夜难明千帐灯。征战久，客心明。双城望断一般情。纵成帝业三春暖，难化离人砧上冰。

踏莎行·寄见阳①

倚柳题笺，当花侧帽②。赏心应比驱驰好。错教双鬓受东风，看吹绿影成丝早③。

金殿寒鸦，玉阶春草。就中冷暖和谁道。小楼明月镇长闲④。人生何事缁尘老⑤。

浅显注释

①见阳：纳兰好友张纯修。纳兰有《菊花新·用韵送张见阳令江华》，也收在本卷中。

②侧帽：帽子微斜。《周书·独孤信传》中载，独孤信“在秦州，尝因猎日暮，驰马入城，其帽微侧。诘旦，而吏民有戴帽者，咸慕信而侧帽焉”。大意是独孤信打猎归来时，帽子不小心有些倾斜，第二天，官吏中只要有戴帽之人，皆因仰慕独孤信而学其侧帽。纳兰因一度喜爱此典，遂为其第一部词集命名为《侧帽集》。

③绿影：绿发，指乌黑发亮的头发。绿，可解作乌黑色。唐代杜牧《阿房宫赋》中有“绿云扰扰，梳晓鬟也”。　成丝：变成白发。

④镇长：经常，总是。

⑤缁尘：黑色的灰尘，常喻世俗污垢。卷二收录《金缕曲·赠梁汾》中亦有该词。

对章小赏

《踏莎行》分上下两片，各由四言句双起，多用对偶。又有《转调踏莎行》，与《踏莎行》稍有不同。

这是一首写给张纯修的寄赠之作，词中主要是在抱怨任职宫中的无聊生活，向好友表达他渴望吟诗作词的自由生活。

上片起句悠闲，倚靠在柳树旁，在纸上题诗，对着花朵将帽子倾斜，好一番悠然自得的生活。不过，这只是纳兰的想象和愿望，因为下一句便是“赏心应比驱驰好”。“赏心”，意为“使心赏”，使心情因欣赏而感到喜悦满足。

首两句说的便是令人心情大好的一种生活，吟诗作赋，醉于花前，这种生活一定比为皇帝马首是瞻的生活要好。“驱驰”一词本意是策马快奔，又有尽力奔走效劳之意，如三国诸葛亮《前出师表》中的“逐许先帝以驱驰”，以及晋代李密《陈情表》中的“臣欲奉诏奔驰”。在这首词中，“驱驰”便是为皇帝效劳之意。

前三句从想象中的美好生活，写到自己的奉诏驱驰，接下来，在上片中的后两句，便是说“驱驰”生活的不好。

“错教”与“看吹”二句是纳兰在感叹自己错把光阴付与宫掖。“错教”为“错让”，“受东风”是指接受皇帝的恩泽。

春季，风自东来，是为“东风”，《吕氏春秋·孟春纪》有“东风解冻”的说法，南唐元宗李璟《元日咏雪梅》中，有“东风今日放梅花”之句，是借“东风解冻”一说，以“东风”比喻帝王恩惠。

东风吹两鬓，其结果却是“绿影成丝早”，乍看起来，这好像是在说春天柳树的枝条在东风吹拂下，早早地发出新芽，但实际上，这句却是“早生华发”之叹。

“绿影”为黑发，“成丝”为头发变白。“成丝”解为“头发转白”的例子，在唐代李白《上三峡》一诗中有“三朝又三暮，不觉鬓成丝”，在其诗《相逢行》中有“光景不待人，须臾发成丝”，都是青丝转白发之意。

下片中极言自己的苦闷心情。

首两句中“寒鸦”“春草”一对景物，冷暖截然不同，代表着春秋两季。秋天，纳兰站在金殿外数着寒鸦日暮归巢；春天，他又数着殿外阶前的春草感春时已至。

身在御殿下，心怀诗画情，此中冷暖寂寥又能和谁说？“就中”是“个中”之意，个中滋味，就中冷暖，无人倾诉，只能遥寄小词一首，向好友发发牢骚。

下片末两句则是在叹息自己误入仕途，已将生年付浊世。

“明月”在这里指代诗情，以月入诗，是历代文人的习惯。纳兰却因公务缠身，无心赏月，更无暇将月色揽入诗行，于是只能让美好的月亮孤悬天上，闲寂无聊。

末尾句是纳兰的反问，也是他的感慨，人生一世，是为何事所迫，才要在世间浑浊和污秽中老去呢？

他是不愿，也是不忍，不愿让诗情被东风吹老，也不忍让皎白的月色惆怅无依。曾经的纳兰，因为错过殿试而枉自消沉，可是，当他终于如愿以偿地被康熙赏识，留在身边，却又倍感无聊与烦闷。

是世事无常，人心无常，抑或是纳兰“狂生”本不该囚身于宫禁、驻足于京城，而应该像每一个“狂生”一样走出去，在比人间更加广阔而风云变幻的天地间自在徜徉。

步韵词祭

踏莎行·步韵纳兰《寄见阳》

宫掖高灯，寒门侧帽。此时哪比当时好。深墙一点杏花红，小莺来问春时早。

薄雾三湘，前尘百草。云间断笔凭谁道。香兰承露旧残阳。犹叹金颈终成老。

鹊桥仙·七夕

乞巧楼空①，影娥池冷②，佳节只供愁叹。丁宁休曝旧罗衣③，忆素手、为予缝绽。

莲粉飘红④，菱丝翳碧⑤，仰见明星空烂。亲持钿合梦中来⑥，信天上、人间非幻。

浅显注释

①乞巧楼：乞巧，指七夕，是古代一大节日。七夕为牛郎织女节，织女精女红，手艺巧，古代女子皆在此日向其乞巧。宋代孟元老《东京华梦录·七夕》中载：“至初六初七日晚，贵家多结彩于庭，谓之乞巧楼，铺陈磨喝乐、花瓜酒炙、笔砚针线……焚香列拜，谓之乞巧。妇女望月穿针，或以小蜘蛛安合子内，次日看之，若网圆正，谓之得巧。”除乞巧外，民间还有曝晾经书、衣服等习俗。

②影娥池：未央宫中池名，汉武帝为观月而凿。详见本卷第一篇《清平乐·上元月蚀》注⑥。

③丁宁：同“叮咛”，叮嘱之意。　　罗衣：软而轻的丝制衣服。

④莲粉：莲花。

⑤菱丝：即菱蔓，实为菱角叶茎，四散伸展如藤蔓。　翳，读音 yì，原指用羽毛做的华盖，后来引申为能起到遮蔽作用的东西，在这里是遮掩之意。

⑥钿合：亦作“钿盒”，古时“盒”写作“合”。“钿”的本意是以金镶嵌，

所以“钿合”为镶有金饰的盒子，也泛指镶有银、玉、贝的首饰盒子。古代女子以“钿合”为定情信物。

对章小赏

《鹊桥仙》，词牌。《风俗记》中载：“七夕，织女当渡河，使鹊为桥。”因取此典故为曲名，咏牛郎织女相会事。

这首词是悼亡之作，大约作于康熙十七年（1678年）或十八年（1679年）七夕。七夕是牛郎织女相会之日，纳兰却与妻子天人永隔，触景伤情，他人欢笑，而纳兰只有一腔悲痛。

上片写七夕佳节时自己的悲苦心情。

往昔最热闹的乞巧楼，今已了无人影，这不仅是在说七夕时专为乞巧而布置的华丽楼阁寂静无人，也是在抒发妻子去世后的人去楼空之感。佳人已去，空的岂止是乞巧楼，更是整个庭院，整个心房。

楼池相对，下一句便写池水。每到七夕夜，女子对月乞巧，月落池中，想必纳兰与妻子也曾行于月下喁喁低语，趁着水光荡漾，在初秋微凉的夜空下互诉衷肠。

如今，这里却只剩一池清冷，月映水中，人已不在。连池水也染了纳兰的悲凉，在初秋的风中瑟瑟发抖。

面对这样的情景，纳兰生出“佳节只供愁叹”的感叹。佳人不在，佳节也变了滋味，只能痛苦地追思往昔。对他人来说热闹非常的七夕节，却是让纳兰哀愁悲叹的凄冷节日。

“丁宁”句中，“曝罗衣”是七夕的民俗之一，唐代徐坚《初学记》中引东汉崔寔《四民月令》中载，七月七日曝晒经书及衣裳，使其免遭虫蛀。七夕节时，秋季来临，天气日渐干燥，故而晒书晒衣，去除潮湿。

纳兰此句当是在叮嘱其侧室或侍女，不要将“旧罗衣”拿出曝晒，因为旧衣是亡妻生前为他缝制的，见衣如见人，忆其素手纤柔，容颜娇美，睹物思人，只会更添悲怀。

上片中，“楼空”“池冷”“旧时罗衣”，都让纳兰忆往昔、伤心神，而下片转而写七夕节的景物，继而引出梦境。

下片首三句写实景，亦是抒怀。“莲粉飘红”是写秋季时莲花凋落，因花瓣泛红而言其“飘红”，“菱丝翳碧”则是指菱角成熟时，蔓茎以及下面的叶子已经遮住了水面。菱角多在七月成熟，正是七夕常见之物。

水中落红满绿，抬头却见天上明星，空自闪烁，牛郎和织女不见踪影，其中的“烂”，是灿烂之意。

正是因为纳兰身边无人相伴，心情灰暗，才会觉得繁星空自灿烂。莲花虽落莲成蓬，菱蔓虽遮住碧水，果实丰硕，但纳兰只见“飘红翳碧”。美好的颜色不是凋落就是被遮挡，这既是寄情于景，也是以情观景，用悲伤的双眼，剪取悲凉的景象入词。

下片末尾三句说梦，或者说是似梦非梦。纳兰未必能做此好梦，但这是他最希望梦见的，所以才会将“亲持钿合梦中来”写进诗中。

“钿合”为定情信物，而“亲持钿合”更是巧妙地用《长恨歌》中“方士寻太真”的典故。

开元二十八年（740 年）十月十一日，唐玄宗在骊山召见杨玉环，因其貌似新近亡故的宠妃武惠妃，唐玄宗大悦，“别赐汤沐”，也就是赐池子让她去洗温泉。晚宴后，唐玄宗便赐玉环金钗钿盒为定情信物，当时，杨玉环身为寿王妃，是唐玄宗的儿媳。

在唐代白居易所作《长恨歌》中，有“惟将旧物表深情，钿合金钗寄将去”二句，说的便是方士在海上仙山中寻到杨贵妃，贵妃无法回去，只好将当年的定情信物“寄”回去，此是天人永隔之意。

在这首词中，纳兰希望亡妻能“亲持钿合”入梦来，而不是像杨贵妃那样只是托方士捎回。七夕梦境，爱妻亲持信物而来，与其相会，犹如牛郎与织女一般。

末两句是纳兰为这个梦境抒发的感慨，他在梦中见到妻子，于是相信，关于天上与人间的传说，并非虚无缥缈、世间妄语，而是真实存在的美好与无奈。

这首词从故景故物写起，之后写秋景星汉，引出流传千古的鹊桥传说，又将自己与亡妻，比作牛郎织女，求得天上人间一相逢。词中字句精练凄美，哀婉神伤，有空寂凉薄之感，徘徊苦吟之叹。

步韵词祭

鹊桥仙·步韵纳兰《七夕》

飘摇风雨，浸心蚀骨，离妇心头旧叹。肯将衰朽惜华年，泪记否、红妆初绽。

南楼灯坠，香消金兽，月伴星河灿烂。牛郎犹在饮牛津，织女影、遥成虚幻。

卷四

百字令·废园有感

片红飞减[1]，甚东风不语、只催漂泊。石上胭脂花上露[2]，谁与画眉商略[3]。碧甃瓶沉[4]，紫钱钗掩[5]，雀踏金铃索[6]。韶华如梦，为寻好梦担阁。

又是金粉空梁，定巢燕子，一口香泥落[7]。欲写华笺凭寄与，多少心情难托。梅豆圆时[8]，柳棉飘处，失记当初约[9]。斜阳冉冉，断魂分付残角[10]。

浅显注释

①片红飞减：化用杜甫《曲江二首·其一》中首句“一片飞花减却春”。

②胭脂：本意为女子擦面和涂唇的面脂、口脂，本词中指落下的花瓣。

③商略：商讨。

④碧甃：青绿色的井壁，代指井。甃，读音 zhòu，井壁。

⑤紫钱：指苔藓。唐代李贺《过华清宫》中有“云生朱络暗，石断紫钱斜”句。

⑥金铃索：绑系护花铃的绳索。金铃，护花金铃，唐玄宗时，宁王因惜花，叫人在后花园用红丝绑扣金铃，系在花枝上，鸟雀落下则金铃摇动，惊飞鸟雀。

⑦又是金粉空梁，定巢燕子，一口香泥落：化用隋代薛道衡《昔昔盐》中“空梁落燕泥”句。

⑧梅豆：梅子。北宋欧阳修《渔家傲》中有“叶间梅子青如豆”一句，大概语出于此。

⑨失记：忘记。

⑩残角：画角残声，即远处隐约的角号声。“画角”见卷二所录《菩萨蛮·朔

风吹散三更雪》中注③。

对章小赏

《百字令》即《念奴娇》，又名《酹江月》《大江东去》《壶中天》《湘月》。念奴是唐天宝年间著名歌妓，此调因此名《念奴娇》。以宋代苏轼“凭高远眺”一词为定格，上片四十九字，下片五十一字，共百字，是为《百字令》。

念奴色艺双全，其声名一直传至后世。传说唐玄宗每年游历各地时，念奴常暗中随行。

《元氏长庆集》卷二十四中，有元稹在《连昌宫词》的一段自注：

> 念奴，天宝中名娼，善歌。每岁楼下酺宴，累日之后，万众喧隘，严安之、韦黄裳辈辟易不能禁，众乐为之罢奏。玄宗遣高力士大呼于楼上曰：“欲遣念奴唱歌，邠二十五郎吹小管逐，看人能听否？”未尝不悄然奉诏。

聚会饮食曰“酺”，韦黄裳为侍御，严安之为河南府（即洛阳）丞，以严治盛名。开元二十三年（735年）正月，唐玄宗于东都（即洛阳）大酺三日，民众喧哗，严安之有“以手板绕场画界”之事。

元稹的注，大意是说唐玄宗每次新年大宴，持续几天后众人喧哗毫无秩序，连严安之、韦黄裳等人都不能制止，连乐曲都无法演奏，不过，只要听说念奴要出来唱歌，众人便奉旨悄然安静，可见念奴之盛名。

《念奴娇》虽是为念奴所作，但此调音节高亢，英雄豪杰之士多喜用之。抒写豪壮感情时，宜用入声韵部。

这首词写废园，大约是故地重游，见景物变迁故人零落，心下感慨而作，却不知这座废园在哪里，亦不知纳兰此时所念是谁，只好泛泛浅赏。

上片主要写景，以景诉情。

首起三句，是言落花。花瓣为片，花飞为春色减，正是片片飞花减却春，掉一片，花就残一丝，春色便少一分。“甚”表示递进之意，芳菲已在摇落中，但东风却没有丝毫怜惜，只是不停地吹着，催促花瓣飞离枝头，随风漂泊。

此时已是春尽，落花总添伤情，而东风无异于雪上加霜，让落花更加凄凉。花落能飞，是因为乘着风，所以从花飞写到了东风。跟着花的脚步，纳兰的目光落于石上。

这几句仿佛一气呵成，纳兰不仅用笔描绘出眼前的画面，还通过对选取的意象进行剪辑，利用句与句之间的承与转，勾勒出视线流转的轨迹，以静写动，技法纯熟自然。

接下来的“石上”一句，是写落花的归处。

“胭脂”一词现代人耳熟能详，其原料为一种叫红蓝的花朵，含红黄两色，花开时整朵摘下，在石钵中杵捶后淘去黄汁，即成红色染料。胭脂有两种，一种以丝绵蘸红蓝花汁，名“绵燕支”，另一种是加工成薄薄的花片，名“金花燕支”。两种燕支阴干处理后，都能成为脂膏，其质地稠密润滑，因此得名“胭脂”“臙脂”。

“石上胭脂”，是说飘下的花瓣仿佛胭脂一样落在石上，与“花上露”合在一起分析，很可能是雨后景象。虽然晨起时可见露水，但从整首词的末尾来看，时间应该是黄昏，春天的黄昏没有露水，所以当是雨后。

说是雨后，既是因为“花上露”，更是因为“胭脂”，胭脂是脂膏状，而普通的花瓣干爽，没有外力揉搓，不会在石上结成软腻之貌，所以当是石上潮湿或有积水，花瓣被浸透后交叠黏合在一起，形似胭脂。此句便可解作花瓣沾着积雨，仿佛是露水一般，又仿佛凝成鲜艳的胭脂，层叠地覆在石上。

这是一处非常美妙的景色，纳兰用精准的比喻、简练的词句，展现出一幅成因比较复杂的石上落花图。景色美，画眉啼声婉转。“商略”就是“商量”，此处以画眉拟人，言其叫声动听，仿佛在与谁商量事情。

可是，眼前除了落花和花瓣上的雨水，再无其他，还有谁会应答它呢？只剩画眉空自啼，纵使纳兰想应答，却因语言不通，只能叹息。

如果说上片前半部分是写春尽，并非废园独有的景致，那么自“碧甃”句起，一直延续到下片，都在描摹废园的“废”。

“碧甃”以下三句，是园中残败的景象。“碧甃”为青绿色的井壁，色青绿是因为井壁生苔。当年用的瓶子早已沉入井中。古代普通的井用桶打水，富家庭院中的井用银瓶汲水，唐代白居易《井底引银瓶》中有“井底引银瓶，银瓶欲上丝绳绝”的说法。瓶落井中，未必是人为，很可能是因为长期无人看护，系着银瓶的线被井内潮湿的空气腐蚀，最后不堪重负，终于断裂，瓶落于井，是为荒凉园景其一。

“紫钱”为苔藓。苔藓新生为青绿，长成后苔丝顶端逐渐转暗，整体看，苔藓表面转为褐紫色，这可能是因其生长时间较长，上层因老而色衰，也可能是因为上层接触阳光较多，因日晒和干燥而局部变色，故称为“紫”。“钱”则言苔藓形状，苔藓喜潮，多生于低洼积水处，而积水形状为圆，故苔痕也是圆形，似铜钱，是为“钱”。

“紫钱”句意为生长了很久的苔藓，已经将头钗掩埋。这句因须遵守格律要求，写成中平中仄的格式，所以将句式倒装，恰与前句“碧甃瓶沉”形成精巧的对仗。

苔藓虽密，却是伏于物体表面生长，而钗由两股簪子合成，苔藓的厚度应不足以掩钗。说苔藓掩钗，实则为钗生苔藓之意。

想来，当年园宅的主人走得很匆忙，或是因家道变故等突发情况，才会将女眷的头钗掉落园中。人去匆匆，就此不返，只剩发钗静卧于地，寂寂生苔，是为荒凉园景其二。

“金铃索”的典故在注释中已有解释，当年的金铃，大约不是纯金，而是黄铜所造。此园中也是如此，风吹雨打中，铜铃生锈，或许早已坠落，只剩下曾经挂着铃铛的绳索，在花丛间来回穿梭，成了鸟雀最好的落脚之地。

这一句中，“踏”字可谓传神，“踏”是一个短暂的动作，既有方向，又有力度，抓取了鸟雀在绳索上落脚的那一瞬间，是一个打破平衡的动态画面。而通常我们能想到的“立”字，却是一种平衡的状态，是静止而安定的。一个“踏”字，将鸟雀的活泼写尽，也反衬着“金铃索”乃至整个废园的荒凉寂寥。

园中不仅无人，连当年的金铃也早已不在，曾经为了惜花而拴在花丛间的绳索，现在成了鸟雀啄花最方便的平台，可谓“惜花人已去，花落为谁红”，是为荒凉园景其三。

此三句无一不在展现园中曾经的热闹与华贵以及如今的悲凉与破败，不过，这还只是室外园中的景象，加上前面的“落花胭脂”“画眉空啼”，也不过五景。

上片中的景物描写到此结束，末两句则是纳兰的叹息。

“韶华”指园中的曾经，即花落有人赏，画眉有人逗，银瓶汲水，玉钗映日，鸟雀在花前叽喳翻飞又不敢近前的热闹景象。看着眼前的残败，当初的景象虽能想象，却是恍然如梦，朦胧缥缈。

“为寻好梦担阁”则是实写，也是真实的情况。纳兰为了找回当年的热闹景象，在五景之间徘徊，在荒凉园景之中睁大眼睛观察，想从败落的景象中，还原和追忆当初的美好，这便是“为寻好梦”。

“担阁”应同“担搁”，耽搁之意。此番寻觅与追思，势必是颇为费时的，而纳兰走入废园，大约只是要回来看看，并不打算久留，再看下片结尾处的“斜阳”二字，便知时候已不早，所以纳兰才有此“担阁”之说。

下片主要是抚今追昔回顾当时。

既然已经知道耽搁过久，理当离开，却还是信步走向残破的房屋。从园中入空房，又是另外一番景象。

“又是金粉空梁”，从“又是”这个词来看，此处纳兰应该不止来过一次。“金粉空梁”，虽然可以直接解作“有黄金粉饰的房梁”，但“金粉”一词向来意有所属，是指繁华绮丽的生活，比如“六朝金粉”，所以这里的“金粉空梁”，便是大宅中豪华的空荡房梁。

据说，古代人会将春宫图卷起后放于房梁之上，以驱赶火神，躲避火灾。而宋代苏轼还曾将钱挂在房梁上，以限制开销，所以说，古代的房梁有时是可以放东西的。

而在废园中，梁上早已空空。说是空空，只是人迹不再，高梁之上，燕子正忙着筑建它的巢穴。“定”是安定之意，“定巢”应理解为安家。

在这里，纳兰并没有直写“梁上有燕窝”，或是“定巢燕子忙”等描述性的语句，而是将燕子的动作一句道出——“一口香泥落”。燕子吐出口中的泥土，落在燕窝上，是为筑巢。同“雀踏金铃索”一样，这是一个动态的画面，虽然只是一瞥，却无人不知是燕子筑巢。

虽然下片首三句的意境，全部化用薛道衡的“空梁落燕泥”一句，但从画面的准确与灵动上看，却比薛道衡原句高出一筹。

句中的“香泥”，当是呼应上片中提到的落花，花落于地，又是雨后潮湿，花香自然会渗入土中，成为“一口香泥”。

看着人去屋空燕子自得其所，纳兰的心情很复杂，所以才有了后面的“多少心情难托”一句。人不在兹，亦可以写信寄送，一封“华笺”，天涯海角皆可通达。“华笺”是华美的信纸，在此泛指书信，称其为“华”，也有纳兰的重视之意。

想写一封信寄给故人，可是心情五味杂陈，根本不是书信能诉的，于是只能怅立房前，空自怀恨。

“梅豆”是梅子如豆，在欧阳修的《渔家傲》词中有“叶间梅子青如豆”，在这首词中，梅子已圆，也未必是成熟，只能算将熟。梅子成熟在农历五六月，与下文“柳棉飘处”合起来考量，“梅豆圆”大约在三四月，此时也刚好是春花过尽时，与上片中的情景亦能吻合。“柳棉”即柳絮，因其形状如棉而得此名。

如果此两句是实写，那么“梅豆圆”是时间，“柳棉飘”是地点，合在一起可以解作“春季的废园”。在这里，纳兰只身孤立，忘记了当时的约定。但是，纳兰为什么要忘记约定呢？既然已写出，又何曾忘记？

“梅豆”与“柳棉”二句其实还有另一种解释，便是纳兰想象远方友人身边的景致。从“当初约”可以大致推断，废园的主人当与纳兰相识，临走时或许有约，约定日后再聚首。“失记”，遗失记忆之意，这是在说友人忘记了当初的约定，不再回来。

梅子多生南方，长江流域最多，所以，这座废园的主人，可能是纳兰远迁南方的友人。他走后，音书遥远，等待漫长，纳兰偶尔会来到这座废园，触景伤情地回忆一下他们欢乐的曾经。

下片末两句以斜阳收尾。“斜阳”是夕阳，古人常用其渲染愁绪，“冉冉”

则是渐渐、逐渐之意。正是残阳西斜时，画角声起又落，只留下残声回响，而纳兰独自一人，在夕阳下因哀伤而断魂。

立于废园，多有世事变迁之叹，感怀伤情，别有一番忧愁，而纳兰用清晰的画面，淡淡的惆怅，将这份忧愁刻画得无比深切，仿佛绕梁余音，袅袅不绝。

另外，《念奴娇》向来以激昂高亢著称，最著名的例子当数宋代苏轼的《念奴娇·赤壁怀古》。但纳兰此词，清越婉转，虽用入声韵部，却丝毫未见豪迈之气，全篇气韵流畅，意境优美，尤擅于摹境，是以景感怀词中的佳作。

步韵词祭

百字令·步韵纳兰《废园有感》

何愁花落，见长河残月，殷红漂泊。欲把水晶宫里事，解作春潮新略。故国如烟，故人何处，故物空萧索。风兰高冷，夜来香锁阁。

折柳犹算归程，梦中对酒，诗话新摇落。奔走年年离散地，怎忍负梁汾托。古塔南归，携妻傍子，坎坷重生约。霜天明镜，再无须恨残角。

沁园春·瞬息浮生

丁巳重阳前三日①，梦亡妇淡妆素服，执手哽咽，语多不复能记。但临别有云：“衔恨愿为天上月，年年犹得向郎圆。”妇素未工诗，不知何以得此也，觉后感赋：

瞬息浮生，薄命如斯，低徊怎忘。记绣榻闲时，并吹红雨②；雕阑曲处，同倚斜阳。梦好难留，诗残莫续，赢得更深哭一场。遗容在，只灵飙一转③，未许端详。

重寻碧落茫茫④。料短发、朝来定有霜。便人间天上，尘缘未断；春花秋叶，触绪还伤。欲结绸缪⑤，翻惊摇落⑥，减尽荀衣昨日香⑦。真无奈，把声声檐雨⑧，谱出回肠⑨。

浅显注释

①丁巳重阳前三日：康熙十六年（1677年）九月初六，在重阳节之前三天。这一年纳兰性德二十三岁，卢氏新亡。

②红雨：比喻落花，也可能特指桃花。南宋沈义父在《乐府指迷》中归纳了诗歌惯用词，比如“桃”应称“红雨”“刘郎”，“柳”则为“章台”“灞岸”。

③灵飙：神风，即灵性之风。语出《宋史·乐志十》中“后祇格思，灵飙肃然”。亦被后世用来形容短暂、转瞬即逝。

④重寻碧落茫茫：化用唐代白居易《长恨歌》中“上穷碧落下黄泉，两处茫茫皆不见”二句，是方士利用异术为唐玄宗寻找杨贵妃魂魄的故事。碧落，天空、

青天。

⑤绸缪：原意为紧密缠缚，如《诗经·唐风·绸缪》中的“绸缪束薪”，后用来表示缠绵、殷切。

⑥摇落：凋零，在风中摇摆而凋落。

⑦荀衣：指“荀令留香”的典故。荀令，东汉末年曹操的谋士荀彧，因生前任尚书令，故称“荀令君”。传说荀彧伟美，有“荀令君至人家，坐席三日香”一说，此语见东晋习凿齿所撰《襄阳耆旧记》卷五《刘弘》所记刘弘爱香一段。

⑧把声声檐雨：又有版本写作“倩声声邻笛”，与上下文似乎不通。

⑨回肠：比喻愁苦、悲痛之情郁结于内，如九曲之肠一样辗转不解。

对章小赏

“《沁园春》又名《寿星明》，格局开张，宜抒壮阔豪迈情感。苏、辛一派最喜用之……”此苏、辛当指苏轼和辛弃疾。

这首词在纳兰的作品中相当著名，也是他悼亡作品中为数不多的壮阔之作。与纳兰词作中常见的婉转哀伤，以及悠悠的愁绪不同，这首词在起承转合间，节奏甚快，如风送行云，舟逐大水，虽翻覆颠簸却转瞬于百里之外。

因是记梦，梦醒人不归，遂作词感之。此词甚痛，正因其悲情至极，故而有万般情绪宣泄而出，落身字句之间，势如长河。心波汹涌，读来若一气呵成，一蹴而就。此间波澜，当属上片为佳，至下片则气凝神滞，或因痛极，或因感怀缥缈，反教心神乱扰，终不似上片气势雄浑壮阔。

这首词有序，是为创作该词时的背景。

时间是九月初六，卢氏亡于五月三十，以每月三十日粗算，重阳九月初九后一日当为其百日。恰于此时，纳兰梦到卢氏淡妆白衣而来，两人执手相对，哽咽成声。梦里两人说了很多话，醒来却有些记不清，只有临别时的那句记得尤为清楚。

“衔恨愿为天上月，年年犹得向郎圆”是亡妻卢氏之语，心头万般怅恨不得言，只愿化作天上明月，年年向郎示团圆。

而后纳兰又言，卢氏“素未工诗，不知何以得此也”，也就是说，卢氏平日里并不作诗填词，纳兰却梦见这个场景，让他既有些不解，又不免怅然，于是醒来后作此长调以记梦，抒悼亡之哀。

事实上，梦境未必是现实的重现，按照弗洛伊德对梦境的解释，人在梦中，潜意识中的前意识[1]部分可能与意识相混，同时出现在梦境中，将人们平日生活中的细节与人们对生活的愿望相融合，令人得以梦见自己想梦之事，也就是我们俗称的“日有所思夜有所梦”。

纳兰的日常生活中，作诗填词是一项重要的娱乐和创作活动，而亡妻卢氏则是他连日来朝思暮念之人，所以，梦中的卢氏会用诗句来表达衷肠，不足为奇。这是纳兰在潜意识里替卢氏作的诗句，也道出了在纳兰的潜意识里卢氏心中应有的悲伤感受。

虽然纳兰无法解释梦中卢氏为何能赋诗一事，不过弗洛伊德的理论却能为我们指点迷津，这里的梦，如同卷三所录《虞美人·风灭炉烟残灺冷》中提到的杜甫梦李白，李白虽不爱搔首，但在惯于以搔首来表达情绪的杜甫的梦中，他却搔了首，一如卢氏此番出口成诗。

上片为感慨和回忆，是往昔如梦的悲哀，也是美好梦境出现又消散后的悲伤，因其连贯如流，可连成一体通赏之，是为乐事。

浮生如梦，转眼飘飞，红颜薄命，竟如瞬息之景，翩然而逝，令我垂头洒泪，徘徊暗伤，如此这般，怎能忘怀？

还记得落花时节，你我相依卧于榻上，看风吹红雨，入窗落于眼前，你也曾想学那清风，吹送花瓣；你我也曾沿着回廊漫步，你说转角处风景独好，于是我们便倚在雕花栏杆的拐角，看斜阳晚照，万物生金。

可如今，你只给了我一场好梦，梦里你的身影我无力挽留，梦里你留下

[1]前意识：处于意识和无意识之间，可以算作潜意识和意识之间的中介环节。弗洛伊德的精神分析理论中，将人的精神意识分为意识、前意识、无意识三层。无意识是指通常情况下根本不会进入意识层面的东西，比如，内心深处被压抑而无从意识到的欲望，秘密的想法和恐惧等。虽然无意识很难或根本不能进入意识，但前意识却能，它与意识之间尽管有界限，却没有不可逾越的鸿沟。

的半阕诗歌，就像你我之间的缘分，残缺不全，令我无心续写，只剩更深人静，梦醒一场泪如雨。梦中你的音容仿佛还留在我眼前，却又像是灵风吹拂，行到眼前忽一转，便失所踪，连让我再好好端详一次的机会都没有留下。

“浮生”典出《庄子·外篇·刻意第十五》中“其生若浮，其死若休”句，是说生于世间如漂浮于水上，无根无凭，随波四处。“浮生”本已哀伤，哪堪“瞬息”，首两句中“瞬息”与“薄命”都是在说卢氏的早亡，如此早逝，怎能令人释然，不能释然又怎能忘怀？

之后“记绣榻闲时，……同倚斜阳”四句，虽可理解为梦中景，但其平实真切，当是纳兰与亡妻的美好回忆。“绣榻”为屋内之景，“绣榻闲时”并非是“绣榻无人空闲时”，而是“闲时绣榻”的倒装，屋内二人闲赏风吹落花。

“红雨”在此处有两种解释，有学者认为这里的“吹”也另有深意。重阳节也被称作吹花节，因南宋杨万里《贺皇太子九月四日生辰》中有“重九吹花节”一说，其原意为重阳这个风吹菊花的时节，后人以“吹花节”指重阳，纳兰此处可能沿用此典。

不过，“吹红雨”也可简单地理解为风吹落红色花瓣，当是春末之景，又与下句中“斜阳”之金黄相对应，似乎更妙。相比之下，重阳用典的说法反而过于牵强，是以可捕之意度放情之句，未免因苛刻而失了意境。

两人闲卧榻上，当为晨起或日间，而在“雕阑曲处倚斜阳”则是黄昏之景，日昏相对，红黄色转，房内庭中，将夫妻二人的日常生活尽数囊括，虽只两景，却见经年。

“梦好”“诗残”“赢得”三句是写梦醒之后的凄凉哀伤。

梦虽好，却难留，正如佳人已逝不复归；诗既残，不忍续，竟似夫妻良缘难再续。好梦逝去，留诗半璧，换来夜深三更时分的痛哭一场。“赢得”实为“落得”，和“落得”相比，“赢得”似乎是得到某种好的结果，纳兰在此用“赢得”，通过词语本身意境的对比，强调并深化了他的悲凉凄苦。

上片末三句直言亡妻音容消散。“遗容”可以理解为卢氏生前的容貌，但在这首词中，当特指午夜梦中的容貌。纳兰醒后回忆梦境，却只觉得梦中的卢氏面容模糊，早已随着梦境消散，所以才会有“未许端详”之叹。

“许”是容许之意，“未许”可以引申为“来不及”。来不及端详，来不及将梦中相逢时的容颜牢牢记住，这是悲伤，是悔恨，更是深深的无奈与绝望。他没能留住她的生命，也没能留住她的容颜，就连梦中的惊鸿一现，最后也随着梦的凋零，隐入昏暗夜色，只留下泪笔蘸墨，供他写下这篇悼词。

至此，上片结束，一场因梦而起的排山倒海的回忆、思念，以及随之而来的悲痛也暂将歇息，转向更为深沉的追忆与哀悼。

下片首起，化用《长恨歌》所记典故：

> 悠悠生死别经年，魂魄不曾来入梦。临邛道士鸿都客，能以精诚致魂魄。为感君王辗转思，遂教方士殷勤觅。排空驭气奔如电，升天入地求之遍。上穷碧落下黄泉，两处茫茫皆不见。忽闻海上有仙山……其中绰约多仙子。中有一人字太真，雪肤花貌参差是。

杨贵妃死后，唐玄宗夜夜思念，却不得贵妃入梦。后来有方士精通招魂之术，便为唐玄宗寻找贵妃魂魄。“排空……不见”四句说的便是方士以其神魂在天地间到处寻找，天宫地府，却茫茫不见，后来终于在海外仙山上找到了。因杨贵妃曾出家为道，故而魂落仙山。

“碧落”是天空，天空色碧，形如帷幔垂落，是为“碧落”，在《长恨歌》中代指天宫，在纳兰的这首词中也可作此理解。“碧落”一句以“重寻”接上片中的梦断。妻子的魂魄已经从梦中抽离，只得像临邛道士那样在茫茫碧空中寻找。

“料短发、朝来定有霜”二句表面意思是头上稀疏的短发，明晨醒来时想必会变成白色。古人认为身体发肤受之父母，人不可理发，所以男女皆有一头长发。这里的“短发”，应是与唐代杜甫《春望》中的“白头搔更短”一样，是悲伤过度而脱发，以至于之前的长发纷纷掉落，多剩新生短发之意。

一夜白头，大约是典出“伍子胥过昭关一夜白头”的传说，以此指代自己的悲痛之情。同时，古人素有天上一日地上一年或十年、百年的说法，纳兰此句中既然是要上天寻妻，自然一夜归来，已是白头迟暮。所以，“短发有霜”

既是以夸张手法书悲情，更是与上下文相应，想象出天上人间的时年不同。

下句中的“便人间天上”，便是承此意而出，虽是想象，却仿佛也真实可信，若第二天鬓角真的染上霜色，就证明人们关于“天上”的传说是真的，其意与卷三末一首《鹊桥仙·七夕》中的“信天上人间非幻”含义相同。

既然想象与传说是真，那么妻子必是身在天上，是为“人间天上，尘缘未断”，虽天人相隔，但两心不忘，此缘未断，此情不渝。

不过，到底是天人相隔，就算能在梦中魂魄相见，也依旧倍感凄凉。“春花秋叶”代指四季之景，触景伤情，满心悲伤。

从“欲结绸缪”一句起，这首词开始落于实处。

“绸缪”多指恩爱夫妻，“欲结绸缪”便是指纳兰本想与卢氏结成恩爱夫妻，厮守到老。“翻惊摇落”则是说卢氏的早亡，“翻”本意为翻转，在这里为世事翻覆之意。“惊”既是言其迅速，也是在表达纳兰的措手不及，合而解之，“翻惊”为惊见变故，“摇落”是花朵、树叶凋落之意，是为红颜凋落。

本欲与之共白首，转眼斯人魂已散，此种悲怆，足令万物失色，衣袖中香气皆散。

“荀衣”是指荀彧的衣服，传说荀彧俊美伟岸，衣襟留香，世人称其美，亦用“荀衣香”指其风采。在这里，纳兰以荀彧自比，“减尽荀衣香”，是指妻子的亡故，令他神情憔悴，形销骨立，不复曾经风采。

末三句则是当下情景。

“真无奈”，是哀叹，亦是对悲痛至极的抒发，词句简单直白，却因前文的深深哀痛，化出万千悲思，真切而震撼。

“声声檐雨”可能是梦醒后的夜雨，也可能是纳兰提笔时的实景，“檐雨”是指雨水落到屋顶后，沿着瓦片从屋檐落下。雨水纵然无声，檐下却滴答作响，落于阶前，徒增伤悲。

无论是梦醒后的雨声，还是提笔时的雨声，对纳兰来说，都是令他眼眶潮湿、内心灰冷的声音，而这如低吟细语一般的婉转声响，就像他对妻子百转千回的思念，以及痛失爱妻的悲痛欲绝，这种哀痛的心情因其沉重而无法言说，只能落于笔下，写成悲伤哀婉的词作，以祭亡妻，以遣悲怀。

步韵词祭

沁园春·步韵纳兰《瞬息浮生》

悲恸遥传，百转长歌，几世不忘。对红墙薄暮，画楼秋色；夜凉残月，晓寒初阳。暗卷罗衣，寒霜坐怀，唯见相思梦一场。湘江水，纵朝发夕至，未许端详。

留生死两茫茫，怎道是青丝成雪霜。想时光飞逝，离多聚少；好花久待，故忆无伤。元妇新亡，十年苏子，唐婉钗头分外香。关情路，总悲声浓墨，荡气回肠。

减字花木兰·相逢不语

相逢不语。一朵芙蓉著秋雨①。小晕红潮②。斜溜鬟心只凤翘③。

待将低唤。直为凝情恐人见④。欲诉幽怀。转过回阑叩玉钗⑤。

浅显注释

①芙蓉：即为荷、莲。唐代白居易《长恨歌》中有“芙蓉如面柳如眉”一句。

②小晕红潮：潮红轻晕，脸上微微泛起红晕。

③斜溜鬟心只凤翘：疑化用宋代周邦彦《南乡子·拨燕巢》中“掉下鬟心与凤翘”一句。　溜：滑。　鬟：古代女子的一种环形发式。鬟心，发卷中心。　凤翘：女子头上的凤形饰品。

④直为：只因为。

⑤回阑：曲折的栏杆。阑，同“栏”。

对章小赏

关于《减字木兰花》这个词牌，在卷二所录《木兰花令·拟古决绝词》的赏析中有所简述，“减字”，便是较少字数之意，《木兰花令》是七言八句，句式上与七言律诗等长，而它的变格《减字木兰花》则是“四七句”，相比正格《木兰花令》，此变格在语言节奏上有顿挫婉转之感，更近乎被人们别称为“长短句”的词。

这首词因为版本和出处不同，末尾一句也作“选梦凭他到镜台”，不过，两句不同的结句，却是两种完全不同的解法，此篇先以“转过回阑叩玉钗”的版本赏析。

全篇之眼在于首句的“相逢不语”，与下片第二句中的“恐人见”合而猜解，这首词当是纳兰写给表妹舒穆禄雪梅的。纳兰曾扮成僧人进宫，得与表妹隔帘相见，却不得言语，由是心伤。关于这段故事的记载，收录在卷一《梦江南·昏鸦尽》的赏析中。

纳兰本就是偷偷进宫，相逢时又怎敢言语？他只能远远地看着表妹，因是远观，便仿佛北宋周敦颐在《爱莲说》中提到的莲花那样，“可远观而不可亵玩”。

此处的“秋雨”未必是实写，而是写女子容颜娇美，神情楚楚可怜之貌。况且，纳兰与表妹是隔帘相见，自然会像莲花隐于秋雨一般朦胧。莲花清丽，秋雨凄迷，如此美景，既是实写，也是表妹在纳兰心中的形象。

上片首两句是相逢，后面两句则是仔细端详其模样。

虽然纳兰扮成僧人，但表妹应是认得他的，所以相见之下，脸颊微红。“晕”字原意指太阳或月亮周围形成的光圈，因光圈淡而模糊，便被人们用来形容女子脸上的潮红，是为“红晕”。这一句中的“小晕”，便是指脸红的颜色很浅。

写完女子的脸颊，之后写头发。“斜溜”是斜插之意，古代女子戴头饰，是将长发盘好，再将头饰插入发间，因发饰的簪条光滑，是为“溜”。“鬟心”则是鬟的正中，虽然鬟是环形的盘发样式，但未必是空心，这里只是指中心部位。

周邦彦《南乡子·拨燕巢》中，原句上下文为“自折长条拨燕巢。不道有人潜看著，从教。掉下鬟心与凤翘”。这是讲一个可爱的女子，折下长长的树枝拨燕窝，却没注意到有男子偷看，她听从他的指示，结果玩得太开心，头上的凤翘滑落，害得鬟发也跟着散开了。

而纳兰在这里，只是用了“鬟心”与“凤翘”两种意象，此句之意为鬟的中央只插了凤翘。

细思起来，这一句其实颇令人费解。古代女子头饰繁多而讲究，国丧又是大型活动，从礼仪的角度上说，表妹头上的饰物也应当佩戴齐全，只插一支凤翘，已经不是自在随意的着淡妆，而是有失体统。

这大概有两种可能，一种是纳兰的表妹地位低下，就算家中富庶首饰众多，也不得过分装饰，但这个解释似乎有些牵强。更为可能的解释是其头上本有装饰，但纳兰却只见凤翘一种。

凤翘是凤形头饰，不知纳兰是否欲化用宋代陆游《钗头凤》之典，以表达他与表妹情投意合却被迫分开的哀怨。

陆游曾娶舅父之女，也就是他的表妹唐婉，两人琴瑟和谐。但陆游之母担心陆游沉溺于夫妻小事，而误了前途大业，遂以结婚三年而无子为由，逼走唐婉。唐婉后嫁与赵士程。数年后，陆游与唐婉夫妇相逢于沈园，唐婉邀其共宴，陆游百感交集遂作《钗头凤·红酥手》，而唐婉作《钗头凤·世情薄》和之，一悲伤，一凄凉，为后世人所叹焉。

陆游唐婉之旧事，与纳兰之事颇吻合，所以纳兰单单指出“凤翘”，大约就是在以陆游与唐婉旧事，暗和自己与表妹的遭遇。

上片是相逢与相认，下片则转入离别。

虽然相见万分艰难，但别离却只需匆匆一转。纳兰得见表妹，是想与她说些什么的，就算不能互诉衷肠，哪怕听听她的声音也好。可是宫禁森严，周围人多眼杂，纳兰只得作罢。

下片首两句中，“待将”，是“等到他想要……时”，“凝情”则为“深情”之意，因其多与重，才可以“凝”，而古人已经发现了水凝成冰体积减小之事，所以，诗词中以“凝”言情时，通常有“浓缩”之意。

既然不能对话，便只能眼看着表妹的身影离去。这首词的末两句，大约是纳兰的想象。眼看着表妹娉婷的背影消失在回廊拐角，纳兰道出一句“欲诉幽怀”。他是想说的，却无缘诉说，只能凭着想象，让自己的神思追随远去的倩影“转过回阑”，与佳人一诉相思。

“阑”即栏杆，古代诗词中多有出现，事实上，除了楼台之上的“阑干”，大部分的“回阑”都是指长廊。廊外才有栏杆，但是古人较少以“廊”入诗词，而多用“阑”代替，这是因为人在“廊”中只能“立”“行”，而“阑”

却可以“倚”，而诗词多写愁怀，故偏“阑”而冷“廊”。

“叩玉钗”并非以玉钗叩门，而应是以敲响玉钗的美妙声响比喻表妹的动听嗓音，或是比喻其文雅的言谈。

“叩玉钗”一说，大约初见于唐代高适《听张立本女吟》，其诗原文为“危冠广袖楚宫妆，独步闲庭逐夜凉。自把玉钗敲砌竹，清歌一曲月如霜”。《全唐诗》载：“草场官张立本女，少未读书，忽自吟诗，立本随口录之。”

这是高适描写自己听张立本女儿吟唱诗作时的情景，女子以玉钗敲打阶旁修竹以之为节拍，清歌一曲，甚是美好。由此观之，“叩玉钗”当是指才情女子的动听声音。

明代王彦泓在《即事》中有“玉钗敲竹立旁皇”，而纳兰在《浣溪沙·消息谁传到拒霜》中亦有“玉钗敲竹信茫茫”，当皆是此意。

这首词至此结语，将幽情寄托在一片想象与憧憬之中，他当然不会真的“转过回阑”去倾诉思念，他只能将忧思深埋，一如两人相逢不语。

步韵词祭

减字花木兰·步韵纳兰《相逢不语》

春花知语。远送柳声吹细雨。澹荡江潮。碧水连波鹃尾翘。

长亭轻唤。京北江南终不见。蛾翅投怀。光陆流离苦断钗。

减字花木兰·相逢不语（异文）①

相逢不语，一朵芙蓉着秋雨。小晕红潮，斜溜鬟心只凤翘。

待将低唤，直为凝情恐人见。欲诉幽怀，选梦凭他到镜台②。

浅显注释

①异文：同一书的不同版本或不同的书记载同一事物时，字句有差异，包括通假字和异体字，都称为异文，是版本学、校勘学的常见术语。

②选梦：沈宛之号，沈宛的词集名为《选梦词》。　　镜台：指玉镜台，玉质镜座。这是“温峤骗婚”的典故。南北朝时刘义庆编著的《世说新语·假谲》中记载，温峤丧妻，其堂姑刘氏一家，在战乱中离散，仅剩一女，美而慧，刘氏请温峤帮忙为女儿选夫，温峤欲自娶，便问像他这样的如何。刘氏称家已如此，找个能活命的人家便好，不敢指望找到温峤这样的人。数日后温峤告刘氏已寻到夫家，条件不错，不比他差，又以玉镜台为聘。婚礼结束，女子掀开脸上纱帘见温峤而大笑，称早就怀疑是他。

对章小赏

这首词收录在清代孙默辑录的《国朝名家诗馀》（又称《精选国朝诗馀》）中，与上一首的最后一句不同，是为异文版本。

但是，仅仅是这一句不同，便改变了整首词的含义。上一首词大约是写给表妹的，而这首词却是写给沈宛的，异文之力，足见大焉。

这首词与上一首词大部分相同，故不做过多赏析，只在一些解法不同的地方略言一二。

“相逢不语”，这大约是他们的初见，或是初见不久，还不算熟稔时的事。《选梦词》如今已经失佚，只在《全清词》中录有五首，其中的《菩萨蛮·忆旧》中，有“雁书蝶梦皆成杳”，从“雁书”一词可以推想，沈宛与纳兰大约在见面之前，便已经有了书信来往。

不过，见到纳兰时，沈宛还是因为羞涩而没有开口说话，她就像一朵荷花染了秋雨的晶莹与清冷，遗世独立，但脸上却还飞着红晕，淡妆素容，简单地用一支凤翘将头发挽起。

可能因为周围有其他朋友，所以纳兰也颇为含蓄，“待将”与“直为”二句便是说怕人看出深情款款。这样看来，当时纳兰还并未纳沈宛为妾，或许很多人还不知道他们在书信暗度中，已经暗生情愫。

依然是欲将心事诉与佳人，末句却不同。这里的“选梦”当指《选梦词》，纳兰认识沈宛，应是他在江南的朋友提到或称赞过沈宛，而沈宛带给他的最初印象，想必是她的《选梦词》。当年沈宛不过十八岁，便有词集刊行于世，理应受到同为爱词之人的纳兰的留意。

“凭他”便是凭《选梦词》，两人很可能因这本词集结缘，又因共同的文学爱好而相交。“到镜台”，便是“下聘书”纳沈宛之意。如此一来，便可在幽静的房中，不为人所打扰地互诉衷肠了。

纳兰纳沈宛为妾，大约是在康熙二十三年（1684年）到二十四年（1685年）之间，这首词没有明确的时间与地点，也正是因为如此，再加上两个版本的不同结尾，让这首词中女主人公的归属显得扑朔迷离。

不过，无论是写给表妹舒穆禄雪梅，抑或是写给江南名妓沈宛，这首词都恰到好处地写出了欲说不能又欲罢不能的心情。不能说，教人心急，看着美丽的女子立于眼前，又教人心痒，这首词将这种微妙的感觉刻画得淋漓尽致、惟妙惟肖。